Chère Lectrice

Quoi de plus agréable que de lézarder au soleil, un bon roman en main ? Parce qu'en juillet, les journées sont plus longues et les soirées plus douces, les occasions de retrouver votre collection Rouge Passion sont aussi plus nombreuses... Aussi ai-je veillé à vous offrir un savant cocktail de fantaisie, de mystère et de nostalgie, qui vous procurera, je l'espère, un plaisir toujours renouvelé. Plaisir doux-amer, avec Meg et Hayden, constamment séparés par la vie sans jamais douter que *L'amour peut attendre* (N° 925). Plaisir de se laisser entraîner dans les méandres d'une affaire complexe, déjouée par Tyler et Samantha, un couple d'avocats associés pour le meilleur... et pour le pire ! (*Le passé pour témoin,* N° 926). Plaisir, aussi, de rire aux mésaventures de héros franchement irrésistibles : qu'il s'agisse de Zach, notre Homme du mois, tombé *Sous le charme* d'une veuve plutôt joyeuse (N° 928), du sage Alex, fasciné par l'audace de Sophie, la jolie cartomancienne (*Ligne de vie, ligne de cœur,* N° 929), ou de l'insupportable Jake, qui tire profit de la *Cruelle méprise* dont il a été l'objet (N° 930), votre été promet d'être mouvementé !

Enfin, pour que vos lectures soient encore plus savoureuses, je vous suggère de les accompagner d'un « Délice malté du Mississippi », un gateau honteusement chocolaté concocté par Sara (*Le mariage en dix recettes,* N° 927), et dont vous trouverez la recette en fin de roman. Alors, n'hésitez plus : à vos fourneaux, et...

Bonne lecture !

La Responsable de collection

Le 1ᵉʳ août
Coffret "Auteurs Stars"

Découvrez ou retrouvez JoAnn Ross, Marilyn Baxter et Jasmine Cresswell, **3 auteurs stars au succès mondial**, dans un coffret de 3 romans exceptionnels, spécialement réédités à votre intention.

3 histoires captivantes
où le suspense flirte
avec la passion !

Le passé pour témoin

CARLA CASSIDY

Le passé pour témoin

HARLEQUIN

COLLECTION ROUGE PASSION

*Cet ouvrage a été publié en langue anglaise
sous le titre :*
RELUCTANT WIFE

Traduction française de
JULIETTE BOLÉRO

Originally published by Silhouette Books,
division of Harlequin Enterprises Ltd.
Toronto, Canada

*Toute représentation ou reproduction, par quelque procédé que ce soit, constitue-
rait une contrefaçon sanctionnée par les articles 425 et suivants du Code pénal.*
© 1998, Carla Bracale. © 1999, Traduction française : Harlequin S.A.
83-85, boulevard Vincent-Auriol, 75013 Paris — Tél. : 01 42 16 63 63
ISBN 2-280-11691-X — ISSN 0993-443X

1.

Retrouver sa ville natale de Wilford, dans le Kansas, était vraiment douloureux pour Samantha Dark. Mais il avait été encore plus difficile de la quitter, six ans plus tôt...

« Non, pas de la quitter, de la fuir », songea-t-elle en garant sa voiture devant le modeste café du coin.

Maintenant qu'elle était de retour, elle hésitait à se rendre directement dans la grande maison où personne ne l'attendait. A vingt-trois ans, elle avait laissé derrière elle Wilford et sa famille... Qui l'accueillerait chaleureusement, à présent ?

Samantha consulta sa montre. 7 heures. Mieux valait se restaurer un peu avant de rejoindre le manoir, songea-t-elle rapidement. Comme elle descendait de voiture, elle aperçut un vieil homme qui sortait du café en boitillant.

— Jeb ?

Il se retourna, et un large sourire éclaira son visage.

— Samantha ? Samantha Dark ?

Boitillant de manière plus prononcée encore, il s'approcha et l'étreignit dans un grand élan d'affection. Son caractère chaleureux avait toujours eu le don de faire du bien à Samantha, qu'elle fût malheureuse ou non.

— Depuis quand es-tu en ville ?

— J'arrive à l'instant. Je ne suis pas encore allée à la maison.

Elle serra ses mains dans les siennes.

— Tu es la première personne que je vois ici, Jeb. Dis-moi, tu t'occupes toujours du cimetière ?

Il hocha la tête.

— Que ferais-je d'autre ? C'est le seul endroit où les patrons ne se plaignent pas ! Je fais mon boulot, je surveille les lieux, et je vire les gamins.

— Tu ne m'as jamais virée, se souvint Samantha en souriant.

Elle lui lâcha les mains. Seul Jeb savait trouver les mots pour essuyer ses larmes et apaiser son chagrin, quand elle quittait la maison familiale pour fuir les accès de violence de son père.

La première fois qu'elle avait rencontré le vieil homme, elle se cachait derrière une tombe en pleurant toutes les larmes de son corps. Jeb l'avait découverte, consolée, et ç'avait été le début d'une grande amitié.

— Tu étais un cas très spécial, accorda-t-il en souriant.

Il chercha son regard et son sourire disparut.

— Je suis content de te voir, Samantha... J'ai bien des ennuis.

— Que se passe-t-il, Jeb ? Tu sais que je ferais n'importe quoi pour toi.

— Il ne s'agit pas de moi, mais de mon garçon.

— Dominic ? Qu'est-ce qui lui arrive ?

L'image de Dominic Marcola en uniforme lui revint à l'esprit. Des cheveux de jais, des yeux sombres, un beau garçon de deux ans plus jeune qu'elle.

— Il a été arrêté hier, avoua Jeb en soupirant.

— Comment ?

Jeb parut plus âgé tout à coup.

— Il a été arrêté, répéta-t-il. Il est accusé de meurtre.

Samantha se tut, avec l'impression que ce dernier mot restait suspendu entre eux dans l'air du soir. Quand elle avait quitté Wilford, six ans plus tôt, Dominic venait d'entrer dans les forces de police.

8

— Ils disent qu'il a tué Abigail Monroe, mais mon fils n'a jamais fait de mal à personne. Quelqu'un lui en veut... il a besoin de ton aide.

— De mon aide?

La voix de Jeb se fit soudain suppliante.

— Je t'en prie, Samantha, dit-il en pressant ses mains dans les siennes, parle à M. Sinclair. Il a travaillé pour ton père, il t'écoutera. Parle-lui de Dominic! Nous ne sommes pas riches, mais je suis prêt à tout pour sauver mon fils, et Tyler Sinclair est le meilleur avocat du Kansas.

S'il existait quelque chose que Samantah n'avait pas envie de faire, c'était de demander une faveur à Tyler. Mais elle ne pouvait oublier que Jeb l'avait toujours consolée des paroles cruelles de son père.

— Je vais lui parler, et voir ce que je peux faire, promit-elle.

Reconnaissant, il lui serra une dernière fois les mains avec effusion.

— Je suis désolé pour ton père, ajouta-t-il.

Ne sachant quoi dire, Samantha hocha la tête. Elle était désolée, elle aussi.

Désolée que son père soit mort deux semaines plus tôt, et de ne l'avoir appris qu'hier. Désolée qu'il n'ait pas su qu'elle avait complètement changé de vie. Désolée surtout de n'avoir jamais été capable de lui dire qu'elle l'aimait.

En réalité, la disparition de son père avait été si soudaine qu'elle n'avait pas encore eu le temps de l'assimiler. Comment était-il mort, d'ailleurs, à la suite d'une maladie ou d'un accident?

— Il faut que j'aille travailler, dit Jeb. Tu me feras connaître la réponse de Tyler dès que tu pourras?

— Bien sûr.

— Je suis heureux que tu sois de nouveau parmi nous, Samantha. Il était temps que tu reviennes chez toi.

Il lui délivra un sourire un peu las, avant de repartir de son pas hésitant.

« ... que tu reviennes chez toi. » Ces mots résonnèrent en elle tandis qu'elle le suivait des yeux tristement. L'ennui, précisément, c'était qu'elle ne savait plus très bien à quel endroit de la terre elle appartenait...

Elle avait fui, recherché le bonheur au loin — mais en vain. Fuir n'avait servi qu'à exorciser ses démons; quelque part en elle, Samantha avait toujours su qu'elle ne trouverait le bonheur qu'ici, à Wilford, dans sa ville natale.

En remontant dans sa voiture, elle se rendit compte que la requête de Jeb lui avait coupé l'appétit. La seule idée d'affronter Tyler Sinclair lui déplaisait — mais après tout, cette épreuve se présenterait à elle un jour ou l'autre... Alors pourquoi pas tout de suite?

Samantha soupira longuement. Son propre père, Jamison Jackson Dark, avait pris Tyler sous son aile quand ce dernier avait eu dix-sept ans. Le beau jeune homme brun était alors devenu le fils que Jamison n'avait jamais eu, l'objet de toute son affection...

Si rien n'avait changé, Tyler devait être au bureau, songea-t-elle en se ressaisissant. Il n'y avait aucune raison pour qu'il ne soit pas toujours le même bourreau de travail!

Un instant plus tard, elle ralentissait devant le bureau de son père. Il y avait de la lumière au premier étage. Tyler était là, songea Samantha en garant sa voiture.

Rassemblant son courage, elle chercha dans son sac la clé de la porte d'entrée du bâtiment. Son père avait-il changé les serrures? Sans doute pas! Jamison avait travaillé ici toute sa vie sans jamais rien changer à quoi que ce soit — avec une rigidité d'esprit qui, par ailleurs, avait manqué la rendre folle...

L'immeuble, tout de brique grise, était plus grand, plus imposant que ceux qui l'entouraient. D'ici, son père avait

10

dirigé l'existence de ses deux filles, établissant depuis son bureau de chêne massif des règles familiales et une stricte discipline de vie. Mais en dépit de cela, Samantha avait toujours aimé cet endroit. Elle aimait l'odeur du papier et de l'encre, celle du café réchauffé, celle des sandwichs qu'on apportait pour le déjeuner. Et toutes ces odeurs mêlées représentaient pour elle celle de la justice...

Finalement, elle descendit de voiture et se dirigea vers l'entrée. La grande plaque de cuivre au-dessus de la porte annonçait toujours : « Justice Inc. Jamison Jackson Dark : associé principal ».

Par bonheur, la clé fonctionna, et Samantha referma bientôt la porte derrière elle. Le silence profond l'accueillit. L'entrée était petite, meublée avec goût, décorée dans les tons de bordeaux et vert sapin.

Apparemment, rien n'avait changé. Sauf que son père était mort... Et dire que ni Tyler ni sa sœur, Melissa, ne l'en avaient prévenue !

Samantha repoussa cette pensée douloureuse. Elle avait besoin de garder l'esprit clair pour affronter Tyler.

Le bureau de son père se trouvait au rez-de-chaussée, à l'arrière du bâtiment, mais elle ne s'y arrêta pas. Comme elle grimpait l'escalier, le visage de Jeb lui revint à la mémoire — ses rides d'inquiétude sur le front, la douleur qui assombrissait son regard. Cet air de crainte qu'elle se souvenait avoir vu dans les yeux de la plupart des clients de son père...

Dominic n'avait pas pu assassiner quelqu'un. Cette seule idée était absurde. Elle se rappelait de lui comme d'un jeune homme sérieux, qui rêvait de devenir policier depuis l'enfance. Samantha avait assisté à la cérémonie de son incorporation dans la police, et elle n'oublierait jamais son évidente fierté, ni celle de Jeb, ce jour-là.

Jeb, songea-t-elle, avait raison sur un point. Tyler Sinclair n'était pas seulement le meilleur avocat du Kansas — il était le meilleur de tout l'ouest du Mississippi.

A travers la porte fermée du bureau, elle entendit de faibles bruits de vie : des feuilles de papier, le craquement du fauteuil. Et l'énergie de Tyler... Sa vitalité. Sa vivacité.

Son arrogance.

Agacée, Samantha respira à fond, ouvrit la porte et entra dans la pièce. Assis au bureau, Tyler lui faisait face.

Son visage n'affichait aucune surprise. Il se redressa dans le fauteuil, et sourit.

— Bonjour, Samantha, il y a quinze jours que je t'attends.

Son calme apparent eut le don de l'irriter.

— C'est étrange, repartit-elle. Comment pouvais-tu m'attendre alors que tu ne m'as pas avertie de la mort de mon père ?

Il ouvrit un tiroir, en sortit une poignée de lettres et les jeta sur le bureau.

Samantha s'avança. Les lettres, expédiées à son ancienne adresse, avaient été retournées à l'envoyeur.

— J'ai déménagé, expliqua-t-elle, les joues rouges de confusion. On ne les a pas fait suivre.

— Oui, tu n'es pas facile à joindre...

De la main, il désigna le fauteuil devant le bureau.

— Assieds-toi. Il faut que nous parlions.

En dépit de son ton autoritaire, elle s'approcha du fauteuil et s'assit.

— Donne-moi un moment, ajouta-t-il en posant son regard sur des notes devant lui.

Il jeta quelques mots sur un feuillet, et elle en profita pour l'examiner.

En six années, Tyler n'avait pas changé. A trente-deux ans, il semblait — seulement ! — plus beau que jamais... Les cheveux toujours aussi noirs. De fines rides au coin des yeux, qui ajoutaient encore à son caractère. En dépit de l'heure tardive, la veste de son costume et le nœud de sa cravate étaient impeccables. Il paraissait aussi en forme que s'il venait de sortir de chez lui, après une bonne nuit de sommeil...

Samantha eut soudain conscience de sa robe froissée après ce long voyage. Des mèches s'échappaient de sa natte, et elle n'avait pas remis de rouge à lèvres depuis ce matin — sans compter son mascara, qui devait faire des traces sombres sous ses yeux.

Négligée, débraillée, mal peignée — bref, dévalorisée : elle s'était toujours sentie ainsi devant Tyler. Pourquoi ?

Samantha se redressa. Elle n'était plus la jeune fille émotive de vingt-trois ans, qu'il avait connue avant son départ de Wilford. Aujourd'hui, elle avait vingt-neuf ans, elle était diplômée en droit... Elle n'allait pas se laisser intimider par l'homme assis devant elle — aussi beau fût-il !

— Voilà, fit Tyler en posant son stylo.

Il ferma le dossier, se laissa aller contre le dossier du fauteuil, et l'observa de son regard bleu légèrement amusé.

— Comme nous n'avons pas pu te prévenir de la mort de Jamison, comment l'as-tu apprise ?

— Je suis abonnée au *Sun* de Wilford. Malheureusement, je ne le lis pas tous les jours. Je n'ai vu l'annonce dans la rubrique nécrologique qu'hier.

Le regard de Tyler devint grave.

— Je suis désolé que tu l'aies appris de cette façon.

Elle haussa les épaules.

— C'est ma faute. J'aurais dû faire suivre mon courrier plus longtemps, et mon numéro de téléphone était sur liste rouge.

A vrai dire, elle avait tout fait pour couper les ponts avec Wilford. A cette pensée, elle eut un accès de remords.

— Comment est-il mort ? interrogea-t-elle en joignant les mains sur ses genoux.

Sa voix se brisa légèrement.

— Un accident. Il est tombé du balcon de la chambre de ta mère.

Incrédule, elle le fixa longuement. Sa mère était morte de la même façon quand Samantha avait six ans...

— C'est impossible, murmura-t-elle. Papa n'avait pas mis les pieds dans cette chambre depuis plus de vingt ans — depuis la mort de maman. Et il n'a pas pu aller sur le balcon... Tu connaissais ses accès de vertige !

— On l'a trouvé au matin sur la terrasse, expliqua Tyler calmement. La balustrade du balcon était en mauvais état, le bois rongé... Elle s'est cassée et il est tombé.

Non, c'était impossible. Quelque chose n'allait pas dans cette histoire. Sans pouvoir l'expliquer, elle le sentait avec certitude.

Tyler se pencha en avant, et elle perçut son odeur de savon et d'eau de Cologne épicée. Une odeur agréable, qui fit aussitôt jaillir un souvenir enfoui dans sa mémoire.

Elle et Tyler, enlacés étroitement, dans l'obscurité d'une voiture. Cette même odeur était présente alors, et bien qu'elle eût trop bu, elle était liée dans sa mémoire au désir fou qu'elle avait éprouvé dans ses bras...

Dans un effort de volonté, Samantha revint à la réalité. Elle refusait de revivre l'une de ses plus terribles humiliations — le soir où elle avait tenté de séduire Tyler Sinclair.

— Ton père a laissé un testament, reprit-il. Il y décide que toi et Melissa héritez chacune de la moitié du manoir et de ce qu'il contient. J'y habite depuis que Melissa s'est mariée, mais je peux m'arranger pour partir immédiatement si tu as l'intention de rester en ville.

— J'ai l'intention de rester, mais ce n'est pas la peine que tu déménages, répliqua-t-elle rapidement. C'est une grande maison. Ne change rien tant que je n'ai pas vu Melissa et que nous n'avons pas décidé de ce que nous allons faire.

Elle se passa une main sur le front.

14

— Quand Melissa s'est-elle mariée?

Décidément, son orgueil et sa stupide obstination lui avaient fait manquer bien des événements... Soudain, elle eut terriblement envie de voir sa sœur.

— Six mois après que tu as quitté la ville, mais elle et son mari se sont séparés récemment.

— Elle a épousé quelqu'un que je connais?

Tyler secoua la tête.

— Je ne crois pas. Il s'appelle Bill Newman. Il est arrivé ici tout de suite après ton départ. Il a une affaire d'appareils de chauffage et de ventilateurs.

De nouveau, Samantha se passa une main sur le front. Un terrible mal de tête la guettait...

— C'est incroyable que je n'en aie rien su.

— Je me souviens qu'en partant, tu as déclaré que tu ne voulais plus jamais voir un seul habitant de Wilford de ta vie. Tu voulais même ne plus jamais y penser.

— Il y a encore certaines personnes envers qui j'ai le même avis, répliqua-t-elle froidement en espérant qu'il comprendrait qu'il en faisait partie. Mais j'ai changé en six ans... Il est parfois nécessaire d'avoir des relations avec les gens qu'on n'aime pas.

Une lueur d'amusement brilla dans les yeux de Tyler.

— Je suis content de le savoir, Samantha, parce que toi et moi, nous serons obligés de nous voir.

— Que veux-tu dire?

— Le testament de ton père assure l'avenir de la firme d'avocats. Cinquante pour cent pour toi, cinquante pour cent pour moi.

— Félicitations, lança-t-elle sur un ton sarcastique. Tu n'auras pas léché les bottes de mon père pour rien pendant toutes ces années!

Le regard de Tyler s'assombrit, empli d'une colère qui semblait mêlée de douleur — au grand étonnement de Samantha. Sans mot dire, il se leva et marcha jusqu'à la fenêtre.

— Je sais que tu ne me crois pas, Samantha, mais j'aimais ton père. Je n'ai jamais été intéressé par sa fortune.

Il se tourna vers elle, le visage de nouveau impassible :

— Je te propose de te racheter ta part, déclara-t-il.

— J'allais justement te faire la même proposition.

Ils se firent face un moment, l'air aussi hostile l'un que l'autre. « Comment peut-il être aussi froid ? » se demanda-t-elle. Sa maîtrise de lui-même l'avait toujours rendue folle. Le fameux Tyler Sinclair ne pourrait-il perdre un peu le contrôle de lui-même — rien qu'une fois ?

— Et Melissa ? s'enquit-elle. Père ne lui a rien légué de la firme ?

Tyler secoua la tête.

— Non, mais il lui a laissé une importante somme d'argent.

A son tour, Samantha se leva.

— Je me suis arrêtée devant le café, dit-elle en changeant de sujet, et j'ai rencontré Jeb Marcola. Il voudrait que tu défendes Dominic.

— Je sais. Il m'a appelé au moins une douzaine de fois depuis l'arrestation de son fils.

— Tu vas te charger de son cas ?

— Impossible. D'après ce que j'ai entendu dire, la preuve indirecte est accablante, tout comme l'expertise médico-légale.

— Ah ! je comprends maintenant comment tu as conquis ta réputation... Tu choisis les affaires faciles, celles qui sont gagnées d'avance.

Devant sa réplique cinglante, il se contenta d'afficher un visage sombre.

— Un bon avocat suit toujours son instinct. Et le mien me dit de ne pas m'engager dans cette affaire.

— Mais je connais Dominic, insista-t-elle en se radoucissant, je suis certaine qu'il n'a tué personne.

Tyler s'approcha d'elle.

— Tu as connu Dominic. Mais il y a six ans que tu es partie, Samantha. Les choses ont changé. Les gens aussi.

— Les gens ne changent pas à ce point ! Dominic n'est pas un assassin.

— Comme d'habitude, tu ne penses pas avec ta raison, mais avec ton cœur...

Elle recula, le souffle court. C'était toujours ainsi, dès qu'il était trop près d'elle.

— Je m'étonne que tu t'en souviennes, toi qui n'as pas de cœur.

Il eut un rire sincère, et reprit place derrière son bureau.

— Un bon avocat ne doit pas avoir de cœur, assura-t-il. En fait, la plupart des avocats considèrent que c'est un handicap.

— Alors, tu ne le défendras pas ?

— Non. Cela promet d'être un vrai cauchemar. Cette firme a toujours été attachée aux valeurs conservatrices, et nous préférons éviter les affaires qui passionnent à coup sûr les médias.

Samantha se souvint de l'air angoissé de Jeb. Elle devait l'aider, et sauver Dominic. Jeb ne l'avait-il pas toujours réconfortée, soutenue ?

— Je possède la moitié de cette firme, n'est-ce pas ?

Tyler hocha lentement la tête, comprenant où elle voulait en venir.

— Nous ne nous chargeons jamais de ce genre de cas, Samantha, rappela-t-il.

— Eh bien, maintenant, si !

Elle sourit, et sortit de son sac une copie de son diplôme qu'elle jeta sur le bureau.

— Si tu ne défends pas Dominic, moi, je le ferai. A plus tard.

Et sur ces mots, elle sortit du bureau. Jamais elle n'oublierait l'expression scandalisée de Tyler, songea-t-elle avec un intense sentiment de satisfaction.

Ce ne fut que lorsqu'elle s'assit de nouveau dans sa voiture que le doute la frappa comme une évidence. Qu'avait-elle fait ? Avec cette tendance naturelle à la provocation, elle venait d'annoncer son intention de défendre Dominic Marcola, accusé de meurtre. Ce serait son premier cas de crime de sang ! Et même la première affaire qu'elle plaiderait de sa vie... Pourquoi, Seigneur, cette imprudence ?

Parce qu'elle croyait en l'innocence de Dominic et voulait l'aider, songea-t-elle.

A moins qu'elle ne veuille prouver quelque chose à Tyler Sinclair...

Le chaos était de retour. Telle fut la première pensée de Tyler quand Samantha eut quitté le bureau.

Certes, il avait toujours su qu'elle reviendrait un jour..., mais jamais avec un diplôme d'avocate.

Il s'adossa à son fauteuil, la photocopie du diplôme entre les mains. Quelle surprise ! Il avait cru pouvoir acheter sa part à Samantha, et devenir le seul propriétaire de Justice Inc. Comme un forcené, il avait travaillé avec la constante promesse de Jamison de devenir l'unique propriétaire de la firme. Sans jamais imaginer que Samantha obtiendrait un diplôme et deviendrait son associée...

Un sourire s'épanouit sur les lèvres de Tyler. Au fond, il n'aurait pas dû être étonné. Samantha avait toujours fait ce à quoi on s'attendait le moins. Cela faisait partie de son charme — même si cela le rendait fou de rage.

Non, il ne voulait pas d'elle comme associée — en fait, il ne voulait pas d'elle dans sa vie de quelque façon que ce fût.

Elle bouleversait ses sens, aujourd'hui comme hier, faisant reparaître tout ce qu'il y avait en lui d'irrationnel. Elle menaçait de détruire tout ce qu'il avait si patiemment construit...

Posant la photocopie sur le bureau, Tyler ferma les yeux.

Les cheveux blonds décoiffés, les yeux bleus brillants, Samantha lui apparut. Sa robe froissée portait une tache de ketchup au niveau du corsage — mais elle était aussi belle que dans son souvenir.

Et rebelle...

Au contraire de sa jeune sœur, Samantha ne se soumettait à aucune règle. Elle pouvait mentir sans un battement de cils, et se tirer de n'importe quelle situation. Oui, elle ferait une avocate fantastique, songea-t-il avec un nouveau sourire.

Mais elle ne pouvait sérieusement se charger du cas Marcola. Ce serait fatal à sa carrière ! De quoi l'avait-elle accusé, déjà ? D'avoir acquis sa réputation en choisissant les cas les plus faciles. Eh bien, ce n'était pas vrai. Il avait eu sa part de clients difficiles, de preuves accablantes et de procès perdus.

Ce qui le dérangeait en fait, dans l'affaire Marcola, c'est qu'elle avait tous les éléments d'une histoire pour tabloïds. Les journaux du Kansas s'en étaient déjà emparé. C'était l'affaire médiatique par excellence, et il refusait d'y être mêlé. En outre, Justice Inc. avait toujours évité les affaires de meurtre...

Tyler soupira. A n'en pas douter, Samantha se chargerait malgré tout du cas Marcola. Si Dominic acceptait qu'elle le défende, lui-même serait fatalement entraîné dans le pétrin...

Oui, le chaos était bel et bien revenu.

Et il portait le nom de Samantha.

2.

Bâti au sommet d'une colline, le Manoir Dark surplombait la petite ville de Wilford, comme un château féodal dominant son royaume.

D'une certaine façon, d'ailleurs, Jamison Dark avait été le roi de Wilford. Possédant la moitié de la ville, il avait agi en ami puissant pour ceux qui le soutenaient — et en ennemi irréductible pour ceux qui s'opposaient à lui.

Quand Samantha se gara au bout de l'allée, la lumière du porche était allumée. Pas en signe de bienvenue, songea-t-elle avec amertume. Il n'y avait jamais eu pour elle ni chaleur ni affection familiale dans cette maison, qui reflétait parfaitement la froideur et l'austérité de son père.

Elle frappa bientôt à la porte d'entrée, se demandant si c'était toujours le même dragon qui tenait la maison d'une poigne de fer. Virginia Wilcox lui ouvrit, la fixant de son regard noir, à peine surpris.

— Samantha, dit-elle seulement d'un ton sec.

— Bonjour, Virginia.

Samantha passa devant la femme au dos raide et aux cheveux gris. Aussitôt, des odeurs familières — cire d'abeille, feu de bois — l'assaillirent.

— Ma chambre est libre ? s'enquit-elle en déposant sa valise dans l'entrée.

— Bien sûr. M. Tyler vient d'appeler pour me demander de la préparer.

— Très bien. Je vais m'y installer.

Comme elle reprenait sa valise, celle-ci s'ouvrit et les vêtements s'éparpillèrent sur le sol.

— Ne vous dérangez pas, Virginia. Je connais le chemin.

Sans même proposer de l'aider, la gouvernante hocha la tête avant de s'éloigner. Samantha entreprit alors de ranger ses affaires — avec difficulté. Il faudra faire deux voyages, se dit-elle en examinant la fermeture cassée.

Elle grimpa l'escalier, se demandant dans quelle chambre Tyler logeait. Probablement dans la chambre bleue. Elle l'imaginait très bien, dans cette pièce au décor masculin et au papier peint bleu marine et argent.

En passant devant la porte, elle jeta un coup d'œil à l'intérieur. L'eau de Cologne de Tyler imprégnait l'atmosphère de la pièce, et la penderie ouverte laissait voir des costumes d'homme soigneusement rangés. Refermant la porte, elle continua jusqu'à sa propre chambre. Dieu merci, celle-ci était à l'autre bout du couloir, aussi loin que possible de celle de Tyler !

En fait, elle n'était pas étonnée qu'il vive ici. Samantha avait quatorze ans quand son père lui avait présenté son protégé. Dès ce moment, elle avait su qu'il allait recevoir tout l'amour et le respect que son père lui refusait à elle-même. Et elle avait commencé à détester Tyler Sinclair...

Samantha ouvrit la porte de sa chambre. La pièce n'avait pas changé depuis six ans. La gorge serrée par l'émotion, elle reconnut sur le lit blanc la courtepointe rouge qu'elle avait elle-même choisie, à l'âge de douze ans.

Jetant la brassée de vêtements sur le lit, elle fit le tour de la pièce, l'esprit assailli de souvenirs. Sur la table de nuit l'attendait la boîte à musique offerte par Samuel Edwards, un garçon que son père n'avait pas jugé digne d'elle... Tout en haut de la commode, trônait l'ours en peluche gagné à une fête foraine quand elle avait seize ans. Du bout des doigts, elle caressa ses initiales gravées sur le côté du meuble, et un léger sentiment de honte l'envahit. Elle avait marqué la commode comme d'autres marquent leur territoire, se rappela-t-elle en excusant son geste d'enfant.

Combien de temps avait-elle passé dans cette chambre ? Elle n'aurait su le dire. C'est là qu'elle se réfugiait quand son père laissait éclater sa colère, et aujourd'hui, elle regrettait qu'il ne soit pas présent pour voir la femme accomplie qu'elle était devenue.

— Voulez-vous manger quelque chose ?

Samantha sursauta en découvrant Virginia sur le seuil. Décidément, cette femme avait le don pour paraître quand on ne l'attendait pas !

— Dans ce cas, je vais me retirer, laissa-t-elle tomber d'un ton monocorde.

— Avant de partir, pourriez-vous me donner le numéro de téléphone de ma sœur, s'il vous plaît ?

Le visage de Virginia s'adoucit.

— Bien sûr, elle appelle presque tous les jours.

Samantha prit son sac, y chercha un bout de papier et un stylo. Bien entendu, Melissa appelait tous les jours. N'avait-elle pas toujours été la gentille fille de la maison ?

— Voilà, dit-elle, le stylo à la main.

Virginia lui dicta le numéro de sa voix dépourvue de toute émotion.

— Merci. A demain matin.

La gouvernante hocha la tête, et s'éloigna. Quelques minutes plus tard, Samantha entendit le bruit d'un moteur. Virginia s'en allait pour la nuit...

Que pouvait bien faire Melissa, en ce moment ? s'interrogea-t-elle en fixant le numéro de téléphone. Elles avaient été très proches, jadis, et ces six dernières années, sa sœur lui avait souvent manqué. Sans réfléchir davantage, elle s'assit au bord du lit et composa son numéro.

La voix familière de Melissa répondit à la seconde sonnerie.

— Melissa...? C'est Samantha.

Un silence suivit ses paroles.

— Je me demandais quand tu te déciderais à donner de tes nouvelles, répondit enfin sa sœur. Où es-tu?

— A Wilford. A la maison. Je suis désolée de n'avoir pu assister à l'enterrement.

— Toute la ville y était. Pour combien de temps es-tu ici? demanda Melissa d'une voix qui manquait de naturel.

— Oh, j'ai l'intention de rester pour un bout de temps!

Samantha aurait voulu revenir en arrière, embrasser la petite fille qui autrefois la suivait comme son ombre. Mais elle savait que cette petite fille n'existait plus, écartée par une grande sœur trop en colère contre le monde entier.

— J'aimerais te voir, Melissa. Nous pourrions déjeuner ensemble, demain peut-être?

Il y eut un nouveau silence.

— Entendu, dit-elle enfin.

— Formidable! Où nous retrouvons-nous?

— Au club?

Samantha hésita un instant. Elle avait toujours détesté le country club, mais elle était décidée à rencontrer sa sœur n'importe où.

— Parfait. J'y serai vers midi.

Un instant plus tard, Samantha raccrochait. Tyler avait dit que sa sœur venait de se séparer de son mari, se rappela-t-elle. Pourquoi Melissa ne vivait-elle pas ici? Elle avait tant de questions à poser à sa petite sœur... Peut-être n'était-il pas trop tard pour qu'elles redeviennent amies?

24

Avec émotion, elle se souvint de leurs rires complices de petites filles. Puis leur mère avait disparu et, avec elle, toute joie de vivre dans la grande demeure familiale.

— Il n'est pas trop tard, murmura-t-elle comme pour se persuader.

Non, il n'était pas trop tard pour retrouver cette intimité qu'avec Melissa elle avait su partager. Il faudrait du temps sans doute, et de la patience — mais tout serait finalement pour le mieux.

Samantha redescendit dans le hall et se dirigea vers la chambre qui avait été jadis celle de sa mère. Elle ouvrit la porte, s'avança dans l'obscurité. Un instant, elle eut l'impression de sentir le parfum de fleurs familier et elle inspira profondément, dans l'espoir de faire revivre l'essence maternelle. Mais la pièce fermée depuis longtemps ne sentait que l'odeur de moisi, dut-elle conclure en rouvrant les yeux.

Elle alluma en soupirant la lumière, et regarda autour d'elle. Après tout ce temps, tout se trouvait à la même place que lorsque sa mère était encore en vie. Les flacons de parfum et les pots de crème de beauté se trouvaient sur la coiffeuse, comme si elle allait revenir d'un moment à l'autre. La pièce était propre : Virginia devait y entrer pour faire le ménage, songea-t-elle rapidement.

Samantha n'avait jamais compris l'attitude de son père. Sans avoir versé une larme ou manifesté la moindre douleur après la mort de sa femme, il avait tenu à ce qu'on ne touche à rien dans cette chambre, interdisant même à ses filles d'y entrer.

Elle s'approcha de la porte-fenêtre, et les mains légèrement tremblantes, tira sur les lourds rideaux de brocart jaune. L'air frais de la nuit la saisit lorsqu'elle ouvrit la porte-fenêtre et sortit sur le balcon. Devant elle, un trou dans la balustrade, barré de deux planches clouées par mesure de sécurité.

Après la chute mortelle de sa mère, Samantha se souvint que Virginia avait supplié Jamison de détruire le balcon et de murer la porte-fenêtre. Mais rien n'avait jamais été fait. Le balcon s'était délabré au cours des années, et pour finir, son père était mort de la même manière que sa mère — comble d'un destin qui demeurait encore à ses yeux inexplicable...

De nouveau, Samanta eut une impression étrange. Quelque chose clochait dans tout cela... Elle ne se rappelait pas avoir vu son père entrer ici une seule fois, et pour tout dire, jamais il n'aurait mis les pieds sur le balcon. Malgré son exceptionnelle force de caractère, Jamison souffrait de terribles vertiges...

Samantha s'approcha prudemment de la balustrade, et jeta un coup d'œil à la terrasse en dessous. Pourquoi son père avait-il cru bon de braver ses vertiges? Quel événement avait bien pu le pousser à sortir sur ce balcon?

— Que fais-tu là?

Samantha eut un cri de surprise.

— Tu veux me donner une crise cardiaque? s'écriat-elle en découvrant Tyler sur le seuil de la porte-fenêtre.

Passant devant lui, elle revint dans la chambre, les jambes encore flageolantes.

— Je crois que c'est à toi, dit-il en lui tendant une poignée de lingerie.

Un soutien-gorge bleu lavande et des slips tombèrent de ses mains sur le sol.

— J'ai trouvé ça en bas, dans l'entrée.

Rougissante, elle ramassa les sous-vêtements et lui prit des mains ceux qu'il tenait encore.

— Ma valise s'est cassée, expliqua-t-elle rapidement avant d'ajouter :

— Je veux voir le rapport d'autopsie de mon père.

— Il faudra le demander au médecin légiste, répondit-il, visiblement surpris. Qu'est-ce que tu cherches...? Tu veux mettre le feu aux poudres, Samantha?

— Pas du tout!

Elle sortit de la chambre et tandis qu'elle se dirigeait vers la sienne, il la suivit dans le couloir.

— Je veux simplement connaître tous les détails de la mort de mon père. Ça me paraît légitime, non?

S'arrêtant sur le seuil de sa chambre, elle jeta les sous-vêtements sur le lit et repartit vers l'escalier.

— Si nous buvions un verre ensemble, reprit-elle, tu me raconterais tout ce qui est arrivé depuis mon départ...

Tyler la suivit en bas, en proie à un léger sentiment d'inquiétude. Elle était là depuis moins d'une heure, et voilà qu'elle tenait à tout bouleverser!

La première chose qu'il avait vue en entrant, c'étaient tous ces sous-vêtements de soie répandus sur le plancher. Ils avaient semblé doux et frais sous ses doigts, et malgré lui, il avait aussitôt imaginé combien ils devaient s'accorder au corps souple et élancé de Samantha...

Le feu crépitait dans la cheminée du salon, et Samantha se dirigea vers le bar.

— Quel est ton poison favori? s'enquit-elle, debout derrière le comptoir de marbre.

— Le cognac, dit-il en s'asseyant sur le canapé.

Elle en versa dans un verre ballon, avant d'en remplir un autre de soda en y ajoutant une tranche de citron.

— Inutile de prendre cet air surpris, dit-elle en lui tendant le verre de cognac. La dernière fois que j'ai bu de l'alcool, c'est le soir où tu es venu me chercher au bar James. Ce soir-là, j'ai compris que l'alcool me rendait idiote.

Idiote? Non. Il se souvenait qu'elle avait été séduisante, et même terriblement sexy.

— Alors, tu as fait des études de droit, et tu ne bois plus, résuma-t-il sur un ton sarcastique.

— Je me suis conduite comme doit le faire une fille Dark, repartit-elle sur le même ton en s'asseyant près de lui.

Il sourit, et fit tourner le verre entre ses mains.

— Parfois, c'est bien de suivre les règles.

— Mais ce n'est pas très amusant ! Dis-moi, Tyler, tu as toujours été du genre rigide, ou tu l'es devenu avec mon père ?

Il rit de bon cœur, charmé et agacé comme jadis par son air de candeur naturelle.

— Et toi, Samantha, d'où tiens-tu ce caractère de petite fille qui se veut rebelle ?

Ils se mesurèrent un instant du regard. Finalement, ce fut elle qui détourna les yeux la première.

— On est quittes, murmura-t-elle en riant doucement.

Il hocha la tête et dégusta une gorgée de cognac tandis que Samantha s'approchait du feu. A vingt-neuf ans, elle était plus belle qu'on aurait pu le prévoir des années auparavant. Une bouche sensuelle, un regard d'un charme mystérieux. Non, en fait, elle avait toujours été belle. Dangereusement...

A vrai dire, s'il avait été différent, il n'aurait eu aucun scrupule à partager une nuit de passion avec elle. Mais à quoi bon risquer de détruire tous ses rêves et ses projets ? En dépit de l'attirance physique qu'elle lui inspirait, il ne la laisserait pas se mêler de sa vie personnelle.

Pas plus qu'il ne ruinerait sa carrière en la laissant se charger de l'affaire Marcola.

— Tu ne peux pas plaider pour Marcola, Samantha.

Elle le foudroya du regard. Utiliser les mots « ne pas pouvoir » devant Samatha, c'était comme agiter un chiffon rouge sous les yeux d'un taureau.

— Si, je le peux. Si Dominic est d'accord, c'est exactement ce que je vais faire.

— Tu ne connais même pas ce cas.

— Eh bien, je vais me mettre au courant.

— Ce sera une affaire très discutée, insista-t-il, on en parlera beaucoup...

Elle haussa les épaules et lui fit un sourire insolent.

— Mon portrait fera très bien dans les journaux !

S'efforçant de garder son calme, Tyler but une autre gorgée de cognac.

— Tu risques beaucoup sur ce coup-là.

— Oh, ce ne sera pas la première fois, dit-elle en revenant vers le canapé pour s'asseoir près de lui. Mais si tu ne veux pas que je m'en occupe, tu peux t'en charger toi-même.

Il secoua la tête.

— Non, je ne peux pas. Jamais je n'ai plaidé un cas de ce genre.

— Mais tu as défendu des criminels...

— Jamais un meurtrier.

Il s'interrompit, avant de lancer :

— Je ne défendrai pas Dominic Marcola, Samantha. C'est tout.

Pas question de lui donner ses raisons. Il n'en avait jamais parlé à personne, et d'ailleurs, tout cela était enterré depuis longtemps.

— Tu vas me dire pourquoi, insista-t-elle.

— Je ne te dois pas d'explications pour les décisions que je prends.

— Très bien. Par conséquent, c'est moi qui le défendrai.

— Et qu'arrivera-t-il s'il est coupable ?

Elle parut stupéfaite, comme si cette idée ne l'avait jamais effleurée.

— Je plaiderai les circonstances atténuantes, et je ferai de mon mieux pour qu'il obtienne la peine minimale.

Elle était si près de lui maintenant qu'il pouvait sentir son parfum de fleurs sauvages.

— Tu ne comprends pas ? reprit-elle. C'est pour défendre les gens qui ne peuvent le faire eux-mêmes que j'ai fait des études de droit et que je suis devenue avocate.

Voilà un aspect de Samantha dont il n'avait jamais soupçonné l'existence... Mais pourquoi cette affaire était-elle si importante ?

— Dominic risque la peine de mort, fit-il observer. Il lui faut le meilleur des avocats s'il veut s'en sortir.

Elle fronça les sourcils.

— Oui, mais le meilleur des avocats refuse de le défendre. Et puis, j'ai un avantage sur les autres.

— Lequel?

— Contrairement à tous les avocats que j'ai connus, j'ai un cœur, et mon cœur me dit que Dominic est innocent.

Tyler finit de boire son cognac et posa le verre sur le bar.

— Dans ce métier, on perd son cœur, Samantha, lança-t-il gravement en se tournant vers elle. Et on ne l'exerce pas pour prouver quoi que ce soit.

Le regard fébrile, elle se leva.

— Je ne joue pas, tu sais. Je ne suis pas une pauvre petite fille riche qui cherche à se distraire. Qu'est-ce qui te fait peur, Tyler? Que je sois une bonne avocate? Peut-être supérieure à toi? Tu as peur que j'usurpe ta position de meilleur avocat du Kansas?

A son tour, il se leva.

— C'est donc ce que tu souhaites prouver, Samantha. C'est pour me battre sur mon propre terrain que tu veux défendre Dominic?

Il tendit la main, et lui effleura la joue. Sa peau était chaude, tendre et douce.

— Tu joues un jeu qui te dépasse, ajouta-t-il. Celui où le cœur ne gagne presque jamais.

Elle recula, les joues rouges d'émotion.

— Tout cela est hypothétique. Il est possible que Dominic refuse que je le défende.

Tyler laissa retomber sa main.

— Tu oublies que tu serais capable de convaincre le diable d'acheter des pétards!

— Nous le saurons demain, dit-elle gravement. J'irai voir Dominic dès demain matin.

Elle consulta sa montre.

— Et maintenant, il vaut mieux que j'aille me coucher. La journée a été longue, et demain, elle risque de l'être plus encore !

Tyler la regarda se diriger vers la porte, puis revint s'asseoir devant le feu avec un second verre de cognac.

Jamison Jackson Dark devait se retourner dans sa tombe, s'il connaissait les intentions de Samantha. La firme Justice Inc. s'était toujours chargée des délits de cols blancs... Et voilà qu'elle se préparait à un procès retentissant !

Mais pourquoi s'en étonner, après tout ? Samantha avait toujours joué le rôle de la mauvaise fille, probablement pour attirer l'attention de son père, songea-t-il. Quoi qu'il en soit, Jamison avait donné à Tyler une chance de devenir quelqu'un. Et il lui en serait toujours reconnaissant.

Suffisamment, en tout cas, pour ne pas permettre à Samantha de détruire ce que son père et lui-même avaient mis des années à construire...

Une fois dans sa chambre, Samantha passa en revue l'échange de la soirée avec Tyler.

En vérité, elle ne l'avait jamais aimé. Il était un clone miniature de son père, aussi rigide et arrogant que lui !

Pourtant, quelque chose en lui éveillait une sorte de passion. Peut-être à cause du mystère dont il s'entourait... De son passé, elle ne savait rien, ignorant même d'où il venait. Un jour, Tyler était apparu dans leurs vies, et il était resté, devenant le fils que Jamison avait toujours souhaité. Une bonne raison de le détester !

Souvent, elle avait écouté les deux hommes parler et rire dans la bibliothèque. Une sorte de rituel dont elle était manifestement exclue...

Ses vêtements rangés, Samantha s'approcha de la

fenêtre et en écarta le rideau. De là, elle pouvait voir une partie du balcon de la chambre de sa mère. Pourquoi son père y était-il allé, lui qui avait évité cette chambre pendant tant d'années?

Samantha ne pouvait imaginer qu'il ait attenté à sa vie, quelles que soient les circonstances. Un accident, alors? C'était absurde.

Un meurtre?

A cette pensée, elle frissonna. Etait-il possible que quelqu'un l'ait poussé?

Samantha laissa retomber le rideau et s'éloigna de la fenêtre.

Qui aurait eu intérêt à assassiner son père...? Elle et sa sœur, bien sûr, mais que Melissa ait quelque chose à voir avec la mort de leur père était simplement impensable.

Il n'y avait qu'une seule personne qui avait beaucoup à gagner à la mort de Jamison Jackson Dark, songea Samantha en se laissant tomber sur le lit.

Et cette personne, c'était Tyler...

Mais, pas plus que Melissa, Tyler ne pouvait avoir commis un crime aussi horrible. Impossible! Le fait de ne pas l'aimer n'enlevait rien à la certitude qu'il était incapable de tuer.

Samantha toucha son visage au souvenir de la caresse de Tyler sur sa joue. A cet instant, son cœur s'était mis à battre une folle chamade... Mais non, cela aussi semblait absurde. Elle était fatiguée, voilà tout. Tyler ne représentait rien pour elle — sinon un associé indésirable.

De plus, elle avait autre chose à faire qu'à s'interroger sur les réactions de son cœur. D'abord, élucider les circonstances de la mort de son père. Ensuite, sauver Dominic. Et surtout, elle devait trouver un moyen d'obliger Tyler Sinclair à quitter Justice Inc. — et à sortir de sa vie.

32

3.

Après une nuit agitée, Samantha se réveilla plus tôt que d'habitude. Elle devait avoir l'air sérieux pour aller voir Dominic à la prison, décida-t-elle en choisissant un tailleur bleu marine dans la penderie.

Après une douche, elle s'examina devant le miroir et releva ses cheveux en chignon sur la nuque. Avec ce rouge à lèvres framboise, son allure chic était parfaite !

Au rez-de-chaussée, la vaste salle à manger embaumait le café frais. Samantha se servit une tasse dans la cafetière pleine, et s'assit à la table dressée pour le petit déjeuner avec le raffinement habituel.

— Bonjour, dit Tyler en se dirigeant vers le buffet. Je me souviens qu'autrefois on ne te voyait jamais avant midi.

Il se servit une tasse de café et vint s'asseoir en face d'elle.

— A cette époque, je n'avais aucune raison de me lever tôt, repartit-elle en souriant. Tu croyais que j'allais changer d'avis pendant la nuit, à propos du cas Marcola ?

— J'espérais seulement que, ce matin, tu serais plus raisonnable...

Elle l'observa tandis qu'il prenait le journal sur la table et jetait un coup d'œil à la première page.

Physiquement, il était sans nul doute le genre d'homme qui l'attirait. Le genre beau ténébreux, avec ses cheveux très bruns, son visage impassible et ses yeux bleus pleins de mystère. On aurait dit un mauvais garçon en costume trois-pièces — et Samantha avait toujours eu un faible pour les mauvais garçons.

Oui, mais sous ses faux airs de voyou, corrigea-t-elle, Tyler avait une personnalité de vieux monsieur plutôt collet monté. Quant à la moue de dédain désapprobateur qu'il affichait en permanence, elle avait le don de la rendre folle de rage...

Elle s'en alla se servir une seconde tasse de café, et regarda sa montre. Encore un quart d'heure, et elle partirait pour aller voir Dominic. Pourvu qu'il accepte qu'elle soit son avocate! Elle en avait désespérément besoin — ne serait-ce que pour prouver à tout le monde, y compris à elle-même, qu'elle était capable d'accomplir quelque chose de véritablement capital.

Et qu'importe ce qu'en pensait Tyler! Le destin lui donnait l'occasion d'agir de manière positive, et pour une fois, elle avait l'intention de saisir sa chance.

— J'aimerais aller voir Dominic avec toi, dit Tyler en repliant le journal.

Elle le regarda sans cacher son étonnement.

— Pourquoi? Je croyais que tu ne désirais pas t'en mêler.

— En effet, mais si tu persistes à vouloir le défendre, je dois savoir exactement ce qui se passe. N'oublie pas que je suis ton unique associé.

Samantha haussa les épaules.

— Comme tu voudras.

— De plus, reprit-il sur un ton égal, j'ai beaucoup travaillé pour acquérir une solide réputation. Je n'aimerais pas que tu gâches tout par une erreur stupide... Un procès entaché d'un vice de procédure — ou de quoi que ce soit d'autre —, aurait un effet déplorable pour l'image de notre cabinet.

Samatha se raidit.

— Je ne fais plus d'erreurs stupides, répliqua-t-elle froidement, et je ne me chargerai de ce cas seulement si je me sens parfaitement compétente.

— Les enjeux sont de taille, Samantha.

— Je sais... Aurais-tu peur de me voir réussir, par hasard ? Je risquerais de te faire tomber de ton piédestal...

Il eut un rire grave, étrangement mélodieux.

— Souviens-toi que ton but est de défendre Dominic, pas de t'en prendre à moi.

— J'en suis bien consciente, dit-elle avant d'achever sa tasse de café.

L'instant d'après, Samantha se levait.

— A tout à l'heure, Tyler. A la prison.

Un moment plus tard, elle roulait vers le complexe pénitentiaire situé au centre de Wilford, l'esprit embrumé par cette conversation.

Comment Tyler Sinclair réussissait-il à lui taper autant sur les nerfs ? Aussi loin qu'elle se souvienne, il avait le don de la provoquer ainsi — apparemment sans aucun effort de sa part.

Evidemment, il avait été le témoin de tout ce qu'elle avait fait du temps de sa jeunesse. Il était présent, la nuit où son père l'avait surprise en train de rentrer dans sa chambre bien après minuit, par le treillis qui recouvrait le mur sous la fenêtre. Il était également présent quand elle était revenue à la maison, après avoir été renvoyée du lycée. Sans compter le jour où il était venu la chercher dans ce bar louche, où elle avait bu plus que de raison...

Au souvenir de sa tentative de séduction dans la voiture, tandis qu'il la ramenait à la maison, elle sentit ses joues s'empourprer. Pourtant, cela faisait bien longtemps ! Trop longtemps, sans doute...

Jamais son père ne saurait qu'elle avait grandi, songea-t-elle avec amertume. Il ne saurait jamais combien elle avait lutté pour achever ses études de droit, tout en faisant toutes sortes de petits boulots pour survivre, et tout cela pour qu'il soit fier d'elle.

Oui, au fond d'elle-même, elle devait l'avouer : elle voulait défendre Dominic pour prouver qu'elle était intelligente, bonne, courageuse — et digne de porter le nom des Dark...

Samantha vida son esprit de toute pensée en garant sa voiture dans le parking, derrière le bâtiment de la police de Wilford.

Le rez-de-chaussée du vieil immeuble était occupé par les services de police, et le premier étage abritait le bureau du procureur du comté. Elle se demanda vaguement qui était le procureur aujourd'hui, et si elle le verrait lui-même ou l'un de ses subalternes.

Les cellules de la prison du comté se trouvaient au sous-sol du bâtiment. Elle allait s'engager dans l'escalier, quand Tyler la rattrapa.

— On a l'impression d'entrer en enfer, observa-t-elle.

— Oui, la prison de Wilford a grand besoin d'être modernisée... Malheureusement, les contribuables ne s'intéressent pas au projet.

Au bas de l'escalier, un gardien en uniforme les arrêta pour vérifier leurs identités et s'informer du but de leur visite, avant de les introduire dans la modeste pièce destinée aux rencontres entre détenus et avocats.

Samantha posa son attaché-case sur la table pliante et s'assit, tandis que Tyler demeurait adossé au mur, les bras croisés.

— Tu ne t'assieds pas ? demanda-t-elle.

Il secoua la tête.

— Je ne veux pas que Dominic puisse penser que je participe à sa défense.

— Alors pourquoi es-tu venu ?

— Je protège ce qui m'appartient.

— Ce qui est à moitié à toi, rappela-t-elle.

36

A cet instant, la porte s'ouvrit et Dominic entra entre deux gardiens. Il regarda Samantha, puis Tyler d'un air surpris, attendant pour parler que les gardiens lui aient ôté les menottes et aient quitté la pièce.

La dernière fois que Samantha l'avait vu, il respirait la vigueur et la vitalité. Aujourd'hui, son visage était pâle, et il avait maigri.

— Depuis quand es-tu revenue en ville?

— Depuis hier.

De la main, Samantha désigna la chaise en face d'elle.

— Merci, dit-il en s'asseyant avec un coup d'œil à Tyler. Mon père m'a dit qu'il essaierait de convaincre M. Sinclair de me défendre, mais j'étais persuadé qu'il n'y avait pas une chance.

— M. Sinclair n'est pas là pour ça, mais pour représenter Justice Inc., expliqua-t-elle.

Dominic fronça les sourcils.

— Que faites-vous ici tous les deux?

— Je suis venu te proposer de te défendre, répondit Samantha.

— Tu es avocate?

— Et une bonne avocate, assura-t-elle sans oser regarder Tyler. J'aimerais être la tienne.

Après un instant d'hésitation, Dominic hocha la tête.

— D'accord. Je suppose que tu ne peux pas être pire qu'un autre choisi par hasard dans l'annuaire...

Samantha se força à sourire et sortit un stylo et un bloc-notes de son sac.

— Dis-moi exactement ce qui est arrivé le soir de l'assassinat d'Abigail Monroe.

Il ne fallut que quelques minutes à Dominic pour expliquer qu'Abigail et lui s'aimaient avant qu'elle ne se marie avec le vieux et riche banquier Morgan Monroe. Elle avait épousé Monroe pour sa fortune, tout en espérant que sa relation avec Dominic continuerait. Celui-ci avait refusé. Il assura l'avoir très peu vue pendant les deux mois qu'avait duré son mariage, rappelant que, le soir du meurtre, elle l'avait appelé et semblait jubiler. Abigail l'avait supplié de venir la voir — un secret à lui confier, avait-elle précisé —, et il avait accepté à contre-cœur.

Tandis que Dominic parlait, Samantha prenait des notes en se composant une allure impassible.

— Elle était comme folle, poursuivit-il. Elle m'a offert du champagne, insistant pour que nous en buvions plusieurs coupes avant de me dire ce que nous fêtions.

Il passa une main dans ses épais cheveux noirs.

— Je ne bois jamais de champagne, et après deux verres, j'avais la tête qui tournait...

— Continue, fit Samantha, voyant qu'il parlait avec de plus en plus de difficulté.

Tyler demeurait silencieux, mais il se pencha à cet instant légèrement, conscient que ce que Dominic allait dire serait crucial.

— Abigail m'a finalement avoué que son mariage avait été une erreur, mais qu'elle avait trouvé un moyen de quitter Monroe avec un divorce qui la rendrait très riche. Nous avons bu du champagne, encore et encore...

Samantha remarqua que Dominic croisait les mains sur la table pour les empêcher de trembler. Il ferma les yeux, et lorsqu'il la regarda de nouveau, il semblait au supplice.

— Elle a voulu faire l'amour. Elle a commencé à se déshabiller, mais je l'ai arrêtée. Nous nous sommes disputés. Elle s'est alors dirigée vers le lit, et je l'ai suivie. Elle a continué à se déshabiller, nous avons lutté, et après... Je ne me souviens plus de rien.

Il respira à fond, et poursuivit :

— Quand je suis revenu à moi, j'étais sur le lit. Abigail était près de moi, nue... et morte, étranglée avec un foulard. Avant d'avoir le temps de comprendre, deux policiers sont entrés dans la chambre et m'ont arrêté pour meurtre.

— Comment sont-ils entrés ? Qui les a prévenus ? s'enquit Samantha.

Dominic haussa les épaules.

— On m'a dit que quelqu'un avait téléphoné, indiquant qu'Abigail hurlait et qu'elle semblait en danger.

Ils parlèrent encore quelques minutes au cours desquelles Samantha poursuivit sa prise de notes.

— Je ne l'ai pas tuée, Samantha. Je te le jure. Je n'ai pas pu faire une chose pareille. Je l'aimais.

— Je le sais, et je vais faire de mon mieux pour en convaincre le jury.

Elle posa une main sur les siennes.

— Nous allons te sortir de là, dit-elle d'un ton ferme.

Dominic secoua la tête.

— Tu es bien plus optimiste que moi. Je suis policier. Je sais que tout est contre moi.

— Fais-moi une faveur... Ne parle de rien à personne.

Elle se leva, mit le stylo et le bloc-notes dans son sac, et ajouta :

— Tu ne dois en parler qu'à moi. Je reviendrai te voir demain ou après-demain, et nous déciderons de notre stratégie.

Se dirigeant vers la lourde porte d'acier, elle fit signe aux gardiens qu'ils avaient terminé.

Un instant plus tard, les gardiens ramenaient Dominic dans sa cellule. Et en le regardant s'éloigner, Samantha se demanda encore une fois si, en acceptant ce dossier, elle n'avait pas présumé de ses forces...

Malgré ses réserves, Tyler devait le reconnaître : l'habileté de Samantha l'avait impressionné. Elle avait posé les questions en bon avocat de la défense, sans paraître nullement ébranlée par les réponses compromettantes de son client.

Comme ils remontaient l'escalier, Tyler se demanda

pourquoi la compétence de la jeune femme l'irritait. Parce qu'elle faisait preuve naturellement de qualités qu'il avait mis si longtemps à acquérir? Ou parce que cette jupe courte laissait voir des jambes magnifiques? Il aurait dû exister une loi pour interdire ces jambes-là!

— Tu vas tout de suite au bureau ou tu as un moment pour prendre un café? demanda-t-elle tandis qu'ils sortaient. J'ai quelques informations à te demander.

— Je n'ai qu'une minute à t'accorder.

— Ce café au coin de la rue principale existe toujours?

— Le Café du Coin? Oui.

— Alors, on s'y retrouve! lança-t-elle en se dirigeant vers sa voiture.

Le vent d'automne releva l'ourlet de la jupe courte, et l'agacement de Tyler augmenta. « J'aurais dû aller directement au bureau, ce matin », se reprocha-t-il en s'installant au volant. Et démarrant, il prit le chemin du café.

Samantha n'était là que depuis hier, et déjà, elle mettait son monde sens dessus dessous..., songea-t-il en ravalant son énervement. Quel choc en découvrant le testament de Jamison, qui donnait la moitié de sa firme à sa fille aînée! Sur ce coup-là, l'homme qu'il considérait comme son père l'avait bien trahi. Et dire que, pendant des années, il avait cru que Justice Inc. lui appartiendrait...

Durant les deux dernières années de sa vie, Jamison l'avait laissé se charger presque entièrement de tout. Tyler l'avait fait bien volontiers, convaincu d'investir pour l'avenir — un avenir qu'il devait maintenant partager avec Samantha.

Il se gara devant le café en maudissant Jamison de le lier ainsi à sa fille. Il lui restait pourtant un espoir. Si Samantha n'avait pas changé, elle se lasserait vite de ce travail et reprendrait bientôt la route vers d'autres horizons...

En entrant dans le café, Tyler la repéra immédiatement

dans la foule. On aurait dit qu'il possédait un sixième sens dès qu'il s'agissait d'elle ! songea-t-il avec une nouvelle bouffée d'irritation.

— J'ai commandé deux cafés, annonça-t-elle tandis qu'il s'asseyait en face d'elle, contre la cloison. Tu prends toujours de la crème ?

— Oui, dit-il, étonné qu'elle se souvienne de ce détail. Alors, de quoi voulais-tu me parler ?

— Pour l'enquête, avec qui travaillons-nous ?

— Avec personne.

— Comment ça ? Nous ne confions pas le travail de recherches sur place à un détective privé ?

— La plupart des cas dont nous nous chargeons n'exigent pas beaucoup de recherches, et je fais moi-même le peu qui est nécessaire. Je t'ai avertie, Samantha : nous ne prenons pas les cas comme celui de Dominic, d'habitude, mais plutôt les procès d'affaires ou les divorces.

La serveuse leur apporta les cafés, et ils attendirent qu'elle se soit éloignée pour reprendre leur conversation.

— Mon père travaillait avec quelqu'un autrefois, reprit-elle. Je me souviens de l'avoir rencontré un après-midi au bureau.

— Ce devait être Wylie Brooks. Un homme corpulent et chauve ?

— Oui, c'est ça.

— Wylie passe le plus clair de son temps à la pêche. Il a pris sa retraite il y a six mois environ.

Tyler se pencha par-dessus la table.

— Tu ne trouveras personne pour t'aider dans cette affaire, Samantha. Morgan Monroe est un homme aussi respecté que puissant à Wilford...

— Le soir du meurtre, il était à plus de cent kilomètres d'ici, souligna-t-elle. Il présidait un banquet : il y a plus de cent témoins de sa présence là-bas !

Tyler se redressa.

— Mais enfin, insista-t-elle, quand tu as défendu cette jeune femme harcelée, il y a quelques mois, tu n'as pas utilisé les services d'un détective ?

— Tu as suivi ma carrière ? fit-il en cachant son étonnement sous un sourire nonchalant.

Il la vit rougir légèrement.

— Je t'ai déjà dit que j'étais abonnée au journal de Wilford. J'y ai lu un article sur cette affaire, c'est tout. Quelle différence avec celle de Dominic ?

Tyler but une gorgée de café et sourit.

— Il y a une énorme différence entre un meurtre et une affaire de harcèlement, Samantha.

— Oui, Dominic risque la chaise électrique, et le harceleur a été condamné à deux ans de prison...

— Il n'avait tué personne, en effet.

— Mais c'était une affaire criminelle ! Mon père les a toujours évitées. Comment as-tu fait pour le convaincre d'accepter celle-ci pour Justice Inc. ?

Tyler hésita.

— A vrai dire, je ne lui en ai parlé que lorsqu'il était trop tard pour refuser.

— Ah oui ? Tu te rebellais en secret contre ton mentor bien-aimé... ? Mais c'est scandaleux ! J'ignorais que tu en étais capable.

Son ton de moquerie eut le don d'agacer Tyler. Elle semblait certaine qu'il n'avait été que l'ombre de Jamison, rien d'autre qu'un type qui faisait l'important à tort !

Se penchant de nouveau vers elle, il lui prit les poignets sur la table. Son pouls se mit à battre plus vite sous ses doigts.

— J'ai souvent rêvé de me rebeller, c'est vrai, mais j'ai toujours soigneusement choisi les occasions de le faire.

Il s'interrompit un instant.

— Je sais que les fantasmes ne sont que des illusions irréalisables, conclut-il en lui lâchant les poignets.

42

Elle eut un sourire mystérieux, et malgré lui, Tyler fut assailli par une forte émotion.

— C'est là que tu te trompes, dit-elle d'une voix basse, un peu rauque. Certains fantasmes sont merveilleusement réalisables. Il suffit de savoir distinguer ceux qui le sont de ceux auxquels il faut renoncer...

— Tu es sûre de connaître la différence ? répliqua-t-il en se demandant confusément comment il avait perdu le contrôle de la conversation.

Samantha haussa les épaules sans cesser de sourire.

— J'ai acquis un peu de discernement ces deux dernières années.

Comme elle se penchait vers lui, il sentit son parfum — une odeur de fleurs, de forêt, de pluie, qui éveilla dans ses veines quelque chose de primitif.

Tyler acheva de boire sa tasse de café en silence et se leva.

— Il est temps que j'aille au bureau.

— Oui, et moi, je dois aller au tribunal ! dit-elle en se levant à son tour.

Ils déposèrent chacun un dollar sur la table et sortirent du café ensemble. Sur le trottoir, elle lui posa une main sur le bras, l'air sérieux.

— Ne t'inquiète pas, Tyler. Je n'ai pas l'intention de porter atteinte à la réputation de Justice Inc., mais seulement de prouver l'innocence de Dominic.

— Comment vas-tu t'y prendre ?

— Je vais trouver le vrai meurtrier.

Avant qu'il puisse parler, lui dire combien c'était dangereux, elle lui tourna le dos et se dirigea vers sa voiture. Ses jambes, longues et élancées, étaient vraiment admirables, songea-t-il en la regardant s'éloigner.

— Plus tard, lui lança-t-elle depuis sa voiture, nous pourrons comparer nos fantasmes. Je serai heureuse de te dire ceux qui valent la peine d'être réalisés !

Et sur ces mots, elle agita la main en signe d'adieu, grimpa dans sa voiture et démarra aussitôt.

Un peu interloqué, Tyler ne put s'empêcher de sourire. Comment réagirait Samantha si jamais elle apprenait qu'elle était l'héroïne de ses propres fantasmes ? Et cela, depuis bien longtemps... A l'époque, il les avait réprimés par respect pour Jamison. Et maintenant, bien que celui-ci ne fût plus là, Tyler ne voulait à aucun prix être mêlé à la vie de Samantha — ses choix, ses arguments, représentaient pour lui l'assurance du chaos absolu...

Tyler soupira. Samantha changerait-elle, un jour ? Autrefois, se souvint-il, lui-même ressemblait beaucoup à Samantha. Et il lui avait fallu des années pour apprendre à oublier son passé et à maîtriser ses émotions.

Aujourd'hui, les souvenirs de ce passé troublé lui interdisaient de défendre Dominic — aussi bien, d'ailleurs, que de nouer avec Samantha une simple ébauche de relation d'ordre intime...

4.

Le country club était le principal lieu de rendez-vous du gratin de Wilford. Construit au milieu du terrain de golf, l'élégant bâtiment à la façade blanche abritait un restaurant chic au deuxième étage, et un gymnase au premier. Quant à la cotisation annuelle de chaque membre, elle était assez élevée pour nourrir une famille de quatre personnes pendant au moins deux ans.

Samantha ne s'était jamais sentie à l'aise ici — peut-être parce que son père, au contraire, adorait littéralement l'endroit. Tout son temps libre, il le passait pratiquement dans le bar sombre et enfumé, à côté du restaurant, à discuter de politique et d'affaires avec les autres notables de la ville.

A la perspective de revoir Melissa, de déjeuner avec elle, Samantha se sentait nerveuse. Melissa était la seule famille qui lui restait... En dépit de cette longue séparation, sauraient-elles retrouver la relation d'amitié et d'affection qui les liait jadis ?

Peu de clients occupaient le restaurant à cette heure de la journée. Aussi, Samantha vit tout de suite sa sœur, attablée seule et le regard tourné vers la fenêtre. Melissa n'avait pas beaucoup changé depuis six ans, songea-t-elle en s'approchant.

Avec sa jolie robe et ses cheveux d'un blond pâle coupés court, une coiffure qui flattait son visage aux traits réguliers, Melissa était parfaitement accordée à l'élégance du décor. Samantha se souvint que sa sœur accompagnait souvent leur père à des soirées et à des dîners. Et quand Jamison Dark recevait, c'était encore Melissa qui jouait le rôle de la maîtresse de maison... Charmante, avec des manières raffinées, très jolie, elle avait toujours été la préférée de leur père.

— Bonjour, Missy, dit-elle à sa sœur en reprenant le surnom donné par leur mère à la benjamine.

Melissa tourna la tête, et une lueur chaleureuse apparut dans ses yeux.

— Sammie...

En cet instant, elles redevenaient ces deux petites sœurs qui s'aimaient si fort. Des centaines de souvenirs assaillirent la mémoire de Samantha — de délicieux souvenirs d'enfance.

— Assieds-toi, fit Melissa en désignant du menton la chaise en face d'elle.

Elle but une gorgée d'eau, et lorsqu'elle leva de nouveau les yeux, son regard semblait s'être chargé d'orage.

— Tu es de retour depuis moins de vingt-quatre heures, reprit-elle, et tu es déjà dans l'œil du cyclone.

— Tu veux parler de l'affaire Marcola ?

Melissa hocha la tête.

— Comment es-tu déjà au courant ?

— Wilford est une petite ville. Les récits de tes frasques ont toujours circulé très vite ! Cette fois, j'en ai entendu parler ce matin à la poste et chez l'épicier.

— Il ne s'agit pas d'une frasque, répliqua Samantha, sur la défensive. C'est un travail, une cause à laquelle je crois.

— Tyler est contrarié que tu aies accepté ce cas.

Samantha sourit.

— Le seul fait que j'existe le contrarie... Mais il s'y habituera, ajouta-t-elle en haussant les épaules.

Melissa la contempla en silence.

46

— Tu as décidé de défendre Marcola parce que Tyler t'a recommandé de ne pas le faire, n'est-ce pas ?

— C'est ce qu'il t'a dit ?

— Non, il m'a dit qu'il n'était pas d'accord avec toi, c'est tout. Ne lui fais pas de mal, Samantha.

Stupéfaite, Samantha la fixa un instant en silence, avant de se laisser aller contre le dos de sa chaise.

— Je vois que les choses ont changé... Il fut un temps où tu détestais Tyler autant que moi.

— Tu es partie, Samantha. Tu as fui aussi vite que tu l'as pu. Et Tyler s'est montré gentil avec moi.

L'arrivée du garçon les interrompit. Elles commandèrent le déjeuner, mais l'atmosphère semblait s'être irrémédiablement tendue.

Samantha était pensive. Melissa avait-elle rompu avec son mari à cause de Tyler ? Non, impossible d'imaginer Melissa et Tyler ensemble. Cette perspective lui donnait presque la nausée... Parce qu'elle était jalouse ? Oh, sûrement pas ! Tyler pouvait sortir avec qui bon lui semblait, du moment que ce n'était pas avec elle.

Au souvenir de leur conversation, elle fronça les sourcils. A vrai dire, il y avait eu du flirt entre eux — oh ! très légèrement — et cela l'avait comme stimulée. Mais non, elle devait se tromper... Tout ce qu'il fallait à Tyler, c'était une petite femme qui lui repasse ses chemises exactement comme il le voulait.

— J'ai cru comprendre que tu venais de te séparer de ton mari, dit-elle en rompant le silence la première.

Le chagrin assombrit le visage déjà tourmenté de Melissa.

— Cette situation ne plaît pas à Bill, expliqua-t-elle. Il ne veut pas divorcer.

— Et toi, que veux-tu ?

Melissa déplia sa serviette et la posa soigneusement sur ses genoux.

— Je n'en sais rien. Parfois, je pense qu'il vaut mieux

nous séparer, et puis Bill téléphone, il me dit des mots doux, et je ne suis plus sûre de rien. C'est si dur d'être seule !

Elle eut un petit rire amer.

— Oh ! toi, tu ne sais certainement pas ce que c'est. Tu as toujours préféré la solitude...

Samantha s'abstint de répondre. A quoi bon révéler qu'elle n'avait jamais été heureuse de vivre seule, et que c'était pour cela qu'autrefois, elle rejoignait si souvent Jeb au cimetière ? Sa vulnérabilité, elle ne l'avouerait à personne.

Pas même à Melissa.

— Où habites-tu ? reprit Samantha.

— Un petit appartement dans le quartier nord de la ville.

— Pourquoi pas à la maison ? Tu aurais pu t'y installer quand tu t'es séparée de ton mari.

Melissa haussa les épaules.

— Ç'aurait été revenir en arrière. J'avais besoin de temps pour réfléchir, et je ne voulais pas être influencée par qui que ce soit.

Le garçon apporta le déjeuner, une salade et du thé glacé pour Melissa, un hamburger et des frites pour Samantha. Au cours du repas, la conversation devint plus légère et Melissa entreprit de parler des habitants de Wilford.

— Margaret Broswell boit toujours trop de Martini aux réunions de la municipalité, où elle finit inévitablement par chanter les grands airs de *Carmen*... Quant à Bertha Hinke, tu connais son abominable salade de poulet. Eh bien, elle persiste à la préparer chaque fois qu'elle invite à dîner à l'improviste !

Samantha rit de bon cœur.

— Les choses ne changent jamais, on dirait !

— Certaines choses ont changé, dit Melissa, de nouveau grave. Papa est mort.

Samantha hocha la tête.

— Et nous devons décider de ce que nous allons faire de la maison... Tu souhaites vendre ?

— Je ne sais pas. Rien n'est stable dans ma vie en ce moment. Ne pourrions-nous pas attendre un mois ou deux avant de prendre une décision ?

— Je suis tout à fait d'accord, assura Samantha.

Elle se tut un instant, puis reprit :

— J'ai l'intention de faire une enquête sur la mort de papa.

— Comment... ?

— Tu ne trouves pas bizarre qu'un homme qui avait le vertige, et dont la femme était morte en tombant d'un balcon, se rende sur ce même balcon et tombe lui aussi en s'appuyant sur la balustrade ?

— Il y a une foule de choses qui me paraissent étranges, répliqua Melissa. Je trouve bizarre que toi, qui ne respectais aucune loi, tu sois devenue avocate. Et je trouve vraiment bizarre que tu veuilles déjeuner avec moi après six ans de silence.

Melissa s'essuya la bouche avec la serviette en évitant le regard de sa sœur.

— Qui sait ce qui a traversé l'esprit de papa, la nuit où il a fait cette chute ? poursuivit-elle.

— Et s'il n'était pas tombé ? Si on l'avait poussé ?

Cette fois, Melissa la fixa de ses grands yeux bleus étonnés.

— Tu n'y penses pas ?

— Pourquoi pas ? Papa n'était pas particulièrement aimé dans cette ville. Je suis sûre qu'il avait pas mal d'ennemis !

— Oui, c'est certain. Mais je n'en imagine aucun capable d'entrer dans la maison pour le pousser dans le vide, repartit-elle.

Samantha secoua la tête.

— J'ignore ce qui s'est passé. Tout ce que je sais, c'est que ça n'est pas clair — je vais donc enquêter et découvrir s'il s'agit d'un accident... ou pas.

Melissa posa sa serviette sur la table.

— Pourquoi ne pas laisser tout cela, Sam? Tu t'es déjà fourrée dans un sacré pétrin avec le cas Marcola! Ça ne te suffit pas?

— J'ai seulement choisi de défendre un innocent injustement accusé...

Melissa se leva.

— Ecoute, Sam, ma vie est suffisamment agitée comme ça avec mes problèmes conjugaux... je ne crois pas utile d'y ajouter une enquête sur la mort de papa.

— Tu n'as pas envie de connaître la vérité?

— La vérité, c'est qu'à mon avis, tu devrais vendre ta part de Justice Inc. à Tyler. Il a beaucoup travaillé pour ça, il le mérite largement. Et la vérité, c'est qu'à mon avis, Dominic Marcola aurait tout intérêt à être défendu par un autre avocat que toi, parce que quand tout va mal tu as une fâcheuse tendance à fuir.

A peine ces paroles prononcées, Melissa rougit violemment. En dépit de son agacement, elle ne voulait pas blesser sa sœur...

— Excuse-moi, Samantha. Je n'aurais pas dû te dire ça... Bon, il est temps que je m'en aille. J'ai déjà demandé au garçon de mettre le déjeuner sur mon compte, nous parlerons plus tard.

Samantha ne fit rien pour retenir sa sœur. Tandis que celle-ci sortait du restaurant, elle acheva de boire son café, ignorant les regards pleins de curiosité des femmes installées à la table voisine.

En un certain sens, l'explosion de colère de Melissa ne la surprenait pas. Bien que celle-ci n'ait jamais exprimé de ressentiment envers sa sœur aînée, autrefois, Samantha savait que celle-ci aujourd'hui ne l'aimait guère. Mais pourquoi...? Qu'était-il arrivé pour qu'un fossé d'inimitié se creuse entre elles, alors qu'elles avaient été si proches?

En repensant aux paroles de sa sœur, une immense tristesse envahit Samantha. Elle avait espéré qu'elles retrouveraient l'affection qui les liait quand leur mère vivait encore — mais voilà, c'était trop tard...

Trop tard pour retrouver Melissa.

Mais pas pour prouver à elle-même et à Tyler qu'elle était capable de sauver Dominic.

Jetant sa serviette sur la table, Samantha se leva. Elle avait trop à faire pour rester assise et ruminer ses problèmes personnels. Avant tout, préparer le procès de Dominic. Et peut-être qu'avec le temps, sa sœur et Tyler Sinclair apprendraient à l'apprécier à sa juste valeur...

Un quart d'heure plus tard, Samantha entrait dans les bureaux de Justice Inc. pour la deuxième fois depuis son retour à Wilford. Une femme rousse d'une cinquantaine d'années était installée à la réception. Dès qu'elle l'aperçut, elle se leva pour faire le tour du bureau et l'étreindre avec affection.

— La voilà !

— Oh, Edie ! Quel bonheur de te revoir !

Aussi loin que Samantha s'en souvienne, Edie Burgess était la secrétaire de Jamison Dark. Samantha avait acheté son premier soutien-gorge avec elle — et c'était Edie qui se chargeait des cadeaux d'anniversaire et de Noël pour les deux fillettes de son patron qui n'avaient pas de mère.

— Laisse-moi te regarder...

Edie recula de deux pas et l'examina d'un œil critique.

— Tu es parfaite, ma chérie, dit-elle avec un large sourire.

Samantha rit de bon cœur.

— Je suis si heureuse que tu sois enfin revenue, reprit Edie.

Et prenant la main de Samantha, elle l'entraîna jusqu'au fauteuil près du bureau.

— Assieds-toi là, et raconte... Nous avons des années à rattraper !

Samantha avait toujours été étonnée qu'un homme aussi conservateur et austère que son père ait engagé une femme aux cheveux d'un roux flamboyant, toujours trop maquillée, trop parfumée — et qui portait en outre des vêtements moulants.

— Raconte-moi tout, dit encore Edie tandis que Samantha s'asseyait dans le fauteuil. Je ne sais même pas si tu es mariée ou divorcée, amoureuse ou... le cœur brisé.

— Rien de tout cela.

Bien sûr, elle était sortie avec des hommes ces six dernières années. Notamment avec un étudiant en droit, un séduisant livreur de pizzas... Mais ça n'avait jamais duré très longtemps. Dès qu'ils essayaient d'approfondir leur relation, elle rompait. En fait, tomber amoureuse ne faisait pas partie de ses projets.

Ce qu'elle voulait, c'était passer de bons moments, tout en conservant la maîtrise de ses émotions.

— Je n'ai pas eu le temps de penser à l'amour, dit-elle.

— Ah! il faut y penser. C'est ce que je dis toujours à Tyler. Sinon, vous vivrez seuls... comme moi.

Ses lèvres se mirent à trembler et des larmes emplirent ses yeux.

— Je suis tellement désolée pour ton père, ma chérie.

Samantha eut un sourire forcé. L'instant d'après, un élan de souffrance lui serrait la gorge et elle se blottit quelques secondes contre la poitrine d'Edie.

— Qu'est-ce qui m'arrive? Je ne voulais pas pleurer...

— Raconte-moi, dit Edie en tapotant la main de Samantha, il paraît que tu as décidé de défendre Marcola?

— Nous... nous défendons Marcola, confirma Samantha. Et je vais avoir besoin de ton aide, Edie.

Refermant le dossier sur lequel il travaillait, Tyler s'étira et détendit les muscles de son dos.

La journée avait été longue. Depuis la visite à la prison pour superviser l'entretien de Samantha avec Dominic, il avait étudié l'affaire du point de vue technique — ce qui lui avait demandé des heures de recherches.

Il était un peu plus de 19 heures, remarqua-t-il avec un coup d'œil à sa montre. Il était grand temps de quitter le bureau !

— Que faites-vous là à cette heure-ci ? demanda-t-il à Edie en passant devant la réception.

— J'avais du travail à rattraper, répondit-elle avec un sourire. Les journées sont trop courtes !

Tyler désigna du regard le bureau de Jamison.

— Dites-moi... Elle est partie ?

— Il y a quelques minutes, mais je ne crois pas qu'elle soit rentrée à la maison.

— Où est-elle allée ?

Comme Edie hésitait, Tyler se pencha sur le bureau, l'obligeant à tourner la tête vers lui.

— Où est Samantha, Edie ?

— Elle a laissé entendre qu'elle allait à La Cuisine du Diable, dit-elle finalement d'un ton anxieux. J'ai essayé de l'en empêcher, je lui ai dit que ce n'était pas un endroit pour elle, mais vous la connaissez...

Tyler jura entre ses dents et, sortant précipitamment du bâtiment, courut vers sa voiture.

Que diable allait faire Samantha dans ce bar, le plus mal famé — et le plus dangereux — de la ville ?

Tout en roulant à vive allure vers La Cuisine du Diable, il songea qu'à un moment ou à un autre, tous les voyous et gangsters de l'Etat y passaient. Quelles que soient ses raisons, il fallait que Samantha ait perdu la tête pour y aller — et seule, qui plus est !

Le bar était situé dans le quartier nord de la ville, étonnamment proche des résidences les plus élégantes de Wilford. Les pétitions et les efforts des habitants pour faire fermer la taverne avaient été sans effet. De fait, celle-ci existait bien avant la construction des villas et immeubles cossus qui la côtoyaient.

En se garant dans le parking bondé, Tyler se rendit compte que l'appartement de Morgan Monroe se trouvait à deux pâtés de maison. Ce qui était probablement lié à la présence de Samantha ici...

La Cuisine du Diable occupait tout un bâtiment de taille moyenne, construit sur un seul niveau, et dont les murs peints en noir des années plus tôt s'étaient grisés sous l'effet des intempéries. Une enseigne au néon en forme de diable souriant et tenant une fourche se dressait sur le toit.

Dès l'entrée, la fumée et le bruit l'accueillirent. Il demeura un instant à la porte tandis que ses yeux s'habituaient à la pénombre. Le vacarme des voix couvrait presque la musique du juke-box, et à première vue, Samantha n'était pas dans la foule des clients.

Tyler soupira. Cet endroit faisait partie de son passé, et le tableau de cette faune tatouée et rasée semblait issu de ses cauchemars les plus terribles... Autrefois, il fréquentait beaucoup ce genre de bars. Sans doute pour alimenter sa colère et sa révolte contre la loi, songea-t-il en se frayant un chemin dans la foule. Aujourd'hui, avec son costume trois-pièces, sa montre de prix et son air d'en avoir plein les poches, il incarnait la tentation pour les hommes présents ici. Autant de pas s'attarder...

Comme il cherchait Samantha des yeux tout en s'avançant vers le fond de la salle, un type débraillé le bouscula. Tyler, que cet incident n'étonnait pas, soutint son regard de défi jusqu'à ce que l'autre recule de quelques pas en rougissant. Il aurait de la chance s'il sortait d'ici entier ! Quant à Samantha, elle aurait droit à un sacré savon s'il y parvenait...

L'appréhension serra la gorge de Tyler. Samantha demeurait invisible alors même que sa voiture était garée dehors. C'est alors qu'il vit une petite porte qui menait

54

sur une sorte d'arrière-salle. Non, elle ne pouvait pas être là, songea-t-il, horrifié. Il l'imagina, attaquée au milieu des caisses d'alcools, se défendant de toutes ses forces jusqu'à ce qu'elle soit trop faible... Avec tout ce bruit, personne de toute manière n'entendrait ses cris !

Sans hésiter davantage, Tyler bondit vers la petite porte. C'est alors que, contre toute attente, le rire de Samantha se fit entendre. Assise sur une caisse, elle parlait avec un homme de haute taille, décharné, au visage couvert de boutons.

— Tyler ! s'écria-t-elle en se levant. Que fais-tu ici ?

— Je te cherche.

De la main, elle désigna l'homme qui se tenait debout près d'elle.

— Je te présente Silas Gorman, plus connu sous le nom de Bones. Bones, voici Tyler Sinclair, mon associé.

Bones tendit une main amaigrie à Tyler en évitant de le regarder.

— Salut, murmura-t-il.

— Tu m'appelles si tu entends parler de quelque chose ? demanda-t-elle à Bones.

— Tu peux compter sur moi, Sam.

Il sourit, révélant une dent en or.

Samantha hocha la tête puis se dirigea vers la porte, suivie de près par Tyler, en proie à la perplexité. Comment avait-elle fait la connaissance de ce Bones... ? Au fond, il n'était pas très sûr d'avoir envie de le savoir, songea-t-il en marchant vers la sortie. Au passage, il nota les regards concupiscents des hommes tournés vers Samantha. Par chance, elle ne portait pas ce tailleur à la jupe courte, mais un vieux jean et un sweat-shirt trop grand !

Elle atteignait presque la porte quand un grand costaud lui prit le bras et lui dit quelques mots. Trop loin pour entendre, Tyler la vit essayer de se dégager en vain.

— Je le savais, ça devait arriver, murmura-t-il entre ses dents.

Il s'approcha.

— Laissez-la tranquille, ordonna-t-il.

— Mêle-toi de tes oignons, fit l'homme d'une voix éméchée. Ça te regarde pas !

— Tout ce qui concerne cette jeune fille me regarde, répliqua Tyler froidement.

L'homme était bien plus grand que lui, et pesait au moins trente kilos de plus. Mais à l'expression de terreur de Samantha, et à sa petite grimace de douleur, un flot d'adrénaline jaillit en lui.

— Lâchez-la ou je me verrai dans l'obligation de vous le dire de manière plus directe, avertit Tyler.

L'homme se mit à rire, et lâchant le bras de Samantha, il fit face à son opposant. Voyant venir son coup de poing, Tyler l'évita en faisant un pas sur le côté, tandis que, fou de rage, le voyou revenait aussitôt à la charge pour frapper Tyler à la mâchoire.

— Vas-y, Brennon ! cria un spectateur.

— Oui, écrase-le, Rick ! fit un autre.

Rick Brennon. Au moins Tyler connaissait-il le nom de celui qui l'avait frappé... Maintenant, il allait se défendre. Il avait grandi dans les quartiers pauvres de Saint-Louis, et pour survivre, il s'était battu plus d'une fois avec des voyous dans son genre !

Soudain, il vit un couteau dans la main de Brennon.

— Tu as peur de te battre avec moi à mains nues ? demanda-t-il en le toisant d'un air méprisant.

Brennon éclata de rire, et passa le couteau à un gros homme qui se tenait tout près.

Tyler attendit que Brennon attaque. Et quand celui-ci le fit, il le mit à terre en trois mouvements rapides, et lui posa un pied sur la gorge.

— Un homme d'honneur en resterait là, dit-il d'une voix calmement menaçante. Un idiot voudrait continuer jusqu'à ce que le sang coule, mais personnellement, cela m'ennuierait de tacher mon costume. Tu préfères agir en homme d'honneur ou en imbécile ?

Brennon répondit du regard, et Tyler enleva son pied pour permettre à l'homme de se relever. L'instant d'après, Samantha et son compagnon se dirigeaient vers la sortie.

— Dans ma voiture, vite, dit-il dès qu'ils furent dehors.

— Et ma voiture?

— Nous reviendrons la chercher.

— Mais...

— Fais ce que je te dis, Samantha, avant que je ne perde mon calme!

Elle s'exécuta et s'assit sur le siège du passager. Tyler démarra sans attendre.

— Tyler, je...

Il l'interrompit :

— Je t'en prie, Samantha... Ne dis rien ou je sens que je vais t'étrangler.

5.

Il suffisait à Samantha de regarder les doigts de Tyler crispés sur le volant pour savoir qu'il était furieux.

Tout se serait probablement bien mieux passé s'il n'était pas intervenu, songea-t-elle en se redressant. Mais lui faire remarquer aurait sans doute été mal venu...

— Peux-tu me dire ce que tu faisais dans un endroit pareil ? demanda-t-il d'une voix posée comme ils arrivaient.

— Le soir où Abigail Monroe a été tuée, un appel anonyme à été donné à la police depuis La Cuisine du Diable.

Elle hésita quelques secondes avant d'ajouter :

— Tu ne trouves pas étrange que quelqu'un aille à deux pâtés de maison pour avertir qu'une femme est en danger dans l'appartement 502 ?

Tyle fronça les sourcils, et se tut.

— Je pense que c'est l'assassin qui a appelé, reprit Samantha en se tournant vers lui. Il savait sûrement que Dominic se trouvait évanoui sur le lit et qu'il serait accusé du crime.

— Et tu t'attendais à retrouver le coupable devant le téléphone, ce soir ?

— Bien sûr que non ! Je suis allée là-bas ce soir pour poser quelques questions, essayer de savoir si quelqu'un avait un indice sur le meurtre d'Abigail Monroe. Il arrive que les ivrognes soient trop bavards, surtout dans des endroits comme La Cuisine du Diable.

— Comment connais-tu Bones ? fit-il en s'arrêtant devant le manoir.

— Si nous entrions pour continuer cette conversation ? suggéra-t-elle.

Elle préférait parler dans la maison, où elle pourrait se tenir à une certaine distance de lui. Tyler semblait calme, mais ses yeux étincelaient encore de colère, et elle ne se sentait pas très à l'aise aussi près de lui.

En descendant de voiture et en le suivant dans la maison, Samantha se souvint de la manière dont il avait vaincu Rick Brennon. Elle ne l'aurait jamais cru capable de maîtriser aussi facilement un type aussi costaud ! Pour la première fois depuis que Tyler était entré dans sa vie, des années plus tôt, elle eut envie d'en savoir plus sur sa vie avant qu'il ne connaisse les Dark.

Virginia les accueillit à la porte de la cuisine, et comme toujours, elle regarda Samantha d'un air désapprobateur.

— Il y a une tourte au jambon et aux pommes de terre dans le réfrigérateur, ainsi qu'un pain fait à la maison dans la huche, annonça-t-elle.

— Ça me paraît délicieux, dit Samantha en se rendant compte qu'elle était morte de faim.

— C'était délicieux il y a deux heures, répliqua Virginia en prenant son manteau sur une chaise et en l'enfilant. J'étais sur le point de partir.

Elle leur fit un bref signe de tête, et sortit.

— Je n'ai jamais compris pourquoi mon père a engagé Virginia, fit Samantha dès qu'ils furent seuls. Elle est tellement revêche...

Tyler s'assit à la table.

— Elle lui a été entièrement dévouée, pendant des années. Sais-tu que, dans son testament, il lui a laissé une pension ? Mais comme elle préfère continuer à travailler, je l'ai gardée en réserve pour elle.

60

Samantha sortit du réfrigérateur le dîner préparé par Virginia. A l'évidence, Tyler était toujours furieux. La mâchoire crispée, il tambourinait sur la table du bout des doigts, l'air de chercher la meilleure façon de la punir.

— Tu as faim ? demanda-t-elle en déposant une part de tourte dans son assiette.

— J'ai perdu l'appétit quand j'ai vu que j'allais devoir me battre contre Goliath pour te sauver de ce bar !

Samantha mit son assiette et celle de Tyler dans le micro-ondes.

— Je dois reconnaître que tu m'as étonnée, reprit-elle. Où as-tu appris à te battre ?

L'air sombre de Tyler laissa place à une expression amusée.

— Contrairement à ce que tu crois, je ne suis pas né et n'ai pas grandi dans un costume trois-pièces.

— D'où viens-tu, exactement ?

— De Saint-Louis. J'y ai vécu jusqu'à ce que ton père m'envoie à l'université.

Elle le regarda avec étonnement.

— Mais comment l'as-tu connu ?

Il s'adossa à la chaise, et elle vit qu'il se détendait.

— J'étais au lycée quand il est venu faire une conférence, invité par le professeur d'éducation civique. C'était l'homme le plus dynamique que j'aie jamais vu. Il respirait la force, le contrôle de lui-même — tout ce que je n'avais pas à cette époque.

Tyler sourit, et ajouta :

— Ton père avait beaucoup de charisme.

— Cela n'explique pas comment tu es devenu son protégé, dit-elle rapidement en mettant les couverts.

— Jamison m'a confié, bien plus tard, que j'avais été le seul élève à poser ce jour-là des questions intelligentes, et qu'il avait vu de l'ambition dans mes yeux.

— Et il est devenu ton mentor, acheva-t-elle en regrettant que son père n'ait pas décelé son besoin d'amour dans ses propres actes de révolte.

Tyler hocha la tête.

— Et tes parents ? Comment ont-ils réagi ?

Le sourire de Tyler disparut.

— Je n'ai pas connu mon père. Il a quitté ma mère quand elle était enceinte de moi de sept mois, et nous n'avons plus jamais eu de ses nouvelles. Ma mère est morte quand j'avais quatorze ans.

Samantha eut un élan spontané de sympathie. Elle aussi avait perdu sa mère très jeune, et elle imaginait que le traumatisme avait été aussi immense pour lui à quatorze ans que pour elle à six ans. Et puis, jusqu'à aujourd'hui, elle n'avait jamais pensé que Tyler ait pu avoir une autre famille que la sienne...

— Je suis désolée, Tyler, dit-elle doucement. Elle est morte de maladie, d'un accident... ?

Il se passa la main dans les cheveux, avec un air farouche qui effraya presque Samantha. Elle se reprochait son indiscrétion, quand le four à micro-ondes sonna.

Lorsqu'elle revint à table avec les assiettes, Tyler souriait de nouveau.

— Je fais partie de ta vie depuis bientôt quinze ans, et tu n'as jamais manifesté la moindre curiosité à mon égard. Pourquoi cet intérêt tout à coup ?

Elle posa une assiette devant lui, la seconde de l'autre côté de la table, et s'assit en face de lui.

— En ce moment, je t'apprécie plus qu'autrefois.

Comme il fronçait les sourcils, elle eut un large sourire qui se refléta dans son regard.

— Rassure-toi, Tyler... Je suis sûre que ça va très vite passer.

A son tour, il lui délivra un véritable sourire, sans la moindre trace de moquerie ou de dérision. Une chaleur inattendue envahit Samantha, et baissant les yeux sur son assiette, elle se mit à dévorer son repas. Comme elle regrettait, maintenant, de l'avoir interrogé sur sa famille ! Si elle voulait garder son équilibre émotionnel, elle ne devait pas se compliquer la vie avec un sentiment d'empathie qui risquât de prendre de l'importance...

L'air perdu dans ses pensées, Tyler dînait lui aussi en silence. Pour la première fois depuis des années, Samantha se permit de repenser sérieusement au soir où elle avait tenté de le séduire.

Comme d'habitude, elle avait quitté la maison après une dispute avec son père. Blessée, en colère, elle avait roulé jusqu'au James, et décidé de boire. Elle l'ignorait à l'époque, mais le propriétaire du bar était un vieux client de son père. Il lui avait passé un coup de fil, et Tyler avait été envoyé la chercher.

En le voyant entrer dans le bar, elle avait été furieuse — pourquoi n'était-ce pas son père qui était venu la chercher ? Comptait-elle si peu pour lui ? Tyler l'avait rapidement entraînée dehors, et dans la voiture, il avait manifesté sa désapprobation par un silence absolu. La rage avait alors disparu en Samantha, cédant la place à une attirance latente qu'au fond il lui avait toujours inspirée. Au désir. Et au besoin d'être serrée contre quelqu'un, d'être aimée — enfin.

Alors, sans plus réfléchir, elle lui avait posé la main sur la cuisse, avant de lui effleurer tendrement la joue de ses lèvres. S'il pouvait lui donner le sentiment d'être aimée et chérie seulement pour un instant...

— Samantha ?

Brusquement tirée de ses pensées, elle sursauta et se sentit rougir.

— Oui ?

— Tu vas me faire une promesse.

Sous son regard, elle fut comme paralysée un moment.

— Quelle promesse... ?

— De ne plus jamais faire quelque chose de stupide comme ce soir. Promets-moi de ne plus aller du côté de La Cuisine du Diable, ni dans aucun autre endroit de ce genre.

— Je ne peux pas, répliqua-t-elle en détournant les yeux. Je dois aller où l'enquête me mènera, partout où je pourrai trouver la preuve de l'innocence de Dominic.

Tyler se leva, et porta l'assiette vide dans l'évier.

— Demain, je vais appeler Wylie Brooks et voir s'il peut te donner un coup de main, déclara-t-il.

Il rinça l'assiette, la mit dans le lave-vaisselle, et se tourna vers Samantha.

— Pourrais-tu au moins me promettre que tu n'iras nulle part seule ? Si tu dois enquêter loin du bureau, dis-le-moi, et j'irai avec toi.

— Je croyais que tu ne voulais pas être impliqué dans cette affaire ?

— C'est vrai. Mais je ne serai pas tranquille si je crains sans cesse que tu prennes des risques et que tu aies des ennuis...

— Tu as peur pour la réputation de Justice Inc., c'est ça ?

— Exactement.

Il parut sur le point d'ajouter quelque chose, puis finalement, il se passa la main dans les cheveux en soupirant.

— Tu as l'intention d'assister à l'enterrement d'Abigail Monroe, demain ?

Elle hocha la tête.

— Qui sait ? Peut-être que l'assassin y viendra et se trahira en se jetant sur le cercueil.

Il sourit.

— Ces choses-là n'arrivent qu'au cinéma.

Samantha ne dit rien. Elle faisait son possible pour paraître sûre d'elle et décidée, mais au fond, elle avait terriblement peur. Ce procès représentait sa dernière chance de prouver de quoi elle était capable à Tyler, à Melissa, aux habitants de Wilford et aussi à elle-même.

Et puis, cette fois, si elle ne réussissait pas, elle ne serait pas la seule à en subir les conséquences. Dominic risquait la peine de mort.

A en croire les magasins fermés et les rues désertes, tout Wilford assistait à l'enterrement d'Abigail Monroe. Pas tellement pour honorer la morte, songea Samantha en descendant de voiture. Seul comptait en fait le respect pour l'homme puissant qu'elle avait épousé...

Un vent froid et violent lui fouetta le visage. Heureusement qu'elle avait mis un pantalon noir et une veste en daim ! Bien que l'on ne fût que fin septembre, on se serait cru au début de l'hiver. De plus, il n'était que 2 heures de l'après-midi, et elle se sentait déjà épuisée. La lecture de l'acte d'accusation de Dominic avait eu lieu dans la matinée, et sans en être vraiment étonnée, Samantha était tout de même déçue de n'avoir pu obtenir du juge Halloran une mise en liberté provisoire sous caution.

Le cimetière était déjà envahi par la foule quand elle se dirigea, entre les tombes, vers l'endroit où l'on avait dressé une vaste tente. A l'intérieur, les gens chuchotaient en petits groupes tandis que Morgan Monroe, entouré d'amis et de membres de la famille, était assis sur une chaise près du cercueil couvert de fleurs blanches.

A cet instant, Morgan n'avait rien d'un tueur potentiel. Le visage pâle et les yeux rouges, il semblait plutôt un vieil homme éploré. Samantha avait vérifié son alibi. Celui-ci était en béton, comme Tyler l'avait dit, mais Morgan pouvait aussi avoir engagé quelqu'un pour assassiner Abigail.

A côté de lui se trouvait un jeune homme qui lui ressemblait. « Ce doit être son fils », pensa Samantha. Et elle l'ajouta d'emblée à sa liste de suspects.

Son père était enterré non loin de là, mais elle essaya de ne pas y penser. Elle irait plus tard fleurir sa tombe. Pour le moment, elle ne se sentait nullement prête à faire ses adieux à l'homme qui n'avait jamais trouvé une raison de l'aimer.

— Samantha? fit une voix féminine derrière elle.

La jeune femme se retourna.

— Marcia? Marcia Wise?

La petite brune sourit.

— Je m'appelle Marcia Wellington maintenant. J'ai épousé Dennis après la remise des diplômes.

Samantha se souvenait de Dennis, l'un des meilleurs footballeurs de l'équipe de Wilford. Et elle avait toujours été très amie avec Marcia.

— J'ai entendu dire que tu étais en ville, et je suis contente que tu sois de retour.

— Tu es presque la seule, répondit Samantha en souriant.

— Il y a beaucoup de monde, fit Marcia en désignant la foule du regard.

— Tu étais une amie d'Abigail?

— Pas vraiment. Je l'ai croisée deux ou trois fois, mais je ne la connaissais pas personnellement. Dennis travaille à la banque pour M. Morgan. Il y est en ce moment, et j'ai pensé que ce serait bien de venir présenter mes condoléances.

— On dirait que toute la ville a pensé comme toi!

— Il y avait autant de monde pour l'enterrement de ton père, fit Marcia en touchant légèrement le bras de Samantha. Je suis désolée...

— Merci.

Elles observèrent un instant la foule en silence. Samantha n'était guère surprise d'apprendre que l'enterrement de son père avait attiré la foule. Après tout, Jamison Jackson Dark était tout aussi puissant et respecté que Morgan Monroe.

— Il paraît que tu es l'avocate de Dominic, reprit Marcia.

— Oui, en effet.

— Dennis et moi sommes très liés avec lui. Je suis certaine qu'il n'a pas tué Abigail, tu sais. Il l'aimait trop!

— Moi aussi j'en suis sûre, Marcia, et je compte bien faire tout ce qui est en mon pouvoir pour le prouver.

66

Samantha se sentait rassérénée. Parmi toute cette indifférence, cela faisait du bien d'entendre quelqu'un soutenir Dominic !

Samantha se redressa en voyant Tyler à l'autre bout de la tente. Elle ne l'avait pas revu depuis hier soir — depuis qu'il était monté dans sa chambre, la laissant seule à la table de la cuisine pour achever son repas.

La tête penchée, il écoutait une petite femme blonde qui se tenait près de lui. Et dans son long imperméable noir, il dégageait un incontestable charisme mâtiné de mystère... En le voyant sourire à la jolie blonde, Samantha eut un pincement au cœur.

Jamais il ne lui souriait de cette façon parfaitement amicale. Les sourires qu'il lui adressait étaient toujours arrogants et moqueurs.

— Un beau garçon, n'est-ce pas ?

Samantha se rendit compte que Marcia avait suivi son regard, et qu'elle parlait de Tyler.

— Il n'est pas mal, dit-elle.

— Pas mal ? Mais toutes les femmes d'ici en rêvent ! Et si je n'étais pas mariée...

Le pasteur choisit cet instant pour commencer la cérémonie. Et un peu plus tard, comme il continuait le sermon, Samantha se mit à penser à cette nuit où, assise près de Tyler, elle avait eu besoin qu'il la prenne dans ses bras, qu'il lui dise qu'elle était digne d'être aimée. Au lieu de ça, il l'avait repoussée, le regard plein de mépris — ce même mépris qu'elle avait toujours vu briller dans les yeux de son père.

A ce souvenir humiliant, elle frissonna longuement. S'ils avaient fait l'amour cette nuit-là, Tyler aurait sûrement été très surpris de découvrir qu'en fait, elle était vierge ! Comme son père, il avait toujours imaginé le pire sur elle — elle le savait —, et notamment sur sa vie sexuelle.

Certes, elle sortait beaucoup à l'époque, et avec des

garçons qui n'avaient guère bonne réputation — ceux, en fait, qui déplaisaient à coup sûr à son père. Elle avait même failli perdre sa virginité avec Larry, tout cela parce qu'il était sentimental et jurait qu'il l'aimerait jusqu'à la nuit des temps. A la fin, elle lui avait expliqué qu'il se devait d'attendre qu'elle soit prête. Il avait rompu, le soir même.

Depuis Larry, elle n'avait pas connu de coup de cœur ni la moindre passion pour un homme. Jusqu'à Tyler. Combien c'était enrageant... Cet homme, le seul avec qui elle ne voulait rien avoir à faire, avait le pouvoir d'éveiller en elle des idées de draps froissés et de peau nue, de mains chaudes et de gémissements !

Samantha eut un soupir d'exaspération. Il était temps de se concentrer sur la foule, de guetter les réactions de chacun. Le responsable de la mort d'Abigail était certainement là.

Après le service, les gens s'attardèrent, comme s'ils avaient du mal à retourner à leur travail et à leur vie. Samantha observa ceux qui approchaient Morgan et son fils — le premier acceptant avec une dignité admirable les paroles de réconfort et de sympathie.

Soudain, l'assistant du procureur s'inclina légèrement devant elle.

— Je suis surpris de vous voir ici.

— Chester, fit-elle avec un sourire distant.

Chester Parks était l'homme qu'elle affronterait au procès, l'avocat de l'accusation, celui avec qui elle s'était bagarrée ce matin pour la liberté sous caution. Il avait bien connu Jamison Dark, ayant été un de ses pairs. Chester aimait à penser qu'il était un homme à femmes. Il avait eu trois épouses, et était un vrai coureur de jupons.

Et il aurait certainement mérité une gifle pour le regard qu'il lança à Samantha.

— Vous êtes encore trop petite pour enfiler les bottes de votre père, murmura-t-il en s'approchant encore davantage.

— J'ai de très grands pieds, répliqua-t-elle en reculant.

L'homme eut un rire déplaisant, presque grivois.

— Te voilà, fit alors la voix de Tyler derrière elle.

Il s'approcha, et prit le bras de Samantha.

— Je te cherchais. Nous devons rentrer au bureau, dit-il en l'entraînant vers la sortie, sous le regard ahuri de Chester.

— Il faudrait faire arrêter cet homme, dit-elle rageusement.

Tyler se mit à rire.

— Malheureusement, se comporter en bouffon n'est pas considéré comme un délit!

— En tout cas, merci de m'avoir sauvée. Une minute de plus, et tu aurais dû me défendre pour une accusation de meurtre.

— Je l'ai bien vu à la façon dont tu le regardais...

— Papa disait toujours que, si les serpents portaient des cravates, on les appellerait Chester.

La gaieté du rire de Tyler réchauffa étrangement le cœur de Samantha. En cet instant, elle en avait bien besoin! C'est alors qu'elle remarqua dans la foule du cimetière une femme entièrement vêtue de noir, les joues ruisselantes de larmes.

— Qui est-ce, Tyler? demanda-t-elle.

Tyler suivit son regard.

— Georgia Morgan, répondit-il. La première Mme Morgan.

— Mais pourquoi est-elle si malheureuse?

— Je crois que Georgia et Abigail étaient devenues amies.

Samantha la regarda fouiller dans son sac, en sortir un mouchoir, et monter dans sa voiture. Un autre nom à ajouter à la liste des suspects, songea-t-elle. Et il fallait faire vite. Le procès de Dominic commencerait dans moins de quinze jours, et elle n'en était qu'au début de l'enquête.

Bientôt, elle quitta Tyler pour rejoindre sa voiture. Une fois au volant, elle jeta un dernier regard à son associé. Seigneur, qu'il était beau ! Pendant des années, elle avait cru le détester. Quant à l'émotion qui l'étreignait en ce moment, il était difficile de l'évoquer... A l'évidence, Tyler pensait très peu à elle tandis que, de son côté, elle ne souhaitait pas éprouver le moindre sentiment pour lui. Mais avait-elle le choix ? Dieu sait qu'elle avait eu son compte en matière de chagrin d'amour, en grandissant !

Depuis longtemps, elle avait décidé de ne jamais faire découvrir à un homme l'accès à son cœur.

Et Tyler n'y faisait pas exception.

6.

Pour la troisième fois en quelques minutes, Tyler changea de position. Lui, qui s'endormait si facilement d'habitude, ne cessait de se retourner depuis une heure dans son lit.

Finalement, il se leva. Aussitôt une douleur lui tordit l'estomac... Il y avait des mois qu'il n'avait pas souffert de son ulcère, mais il connaissait la cause de cette crise.

Samantha.

Ces deux derniers jours, il l'entendait rire dans le bureau de Jamison — un rire, vibrant et mélodieux, qui emplissait tout le bâtiment. Samantha, Edie et Miranda, le clerc, avaient élu domicile dans le luxueux bureau de Jamison comme les Trois Mousquetaires, et Tyler avait l'impression que Samantha avait enrôlé les deux femmes dans l'enquête pour le procès Marcola. Cela ne lui plaisait pas. Une réceptionniste et une employée, cela faisait une belle équipe à Samantha! Eh bien, il téléphonerait à Wylie Brooks à la première heure demain matin, et convaincrait le détective à la retraite de reprendre du service pour cette affaire.

Après avoir enfilé un peignoir, Tyler quitta sa chambre et descendit au bureau. Comme le feu était presque éteint, réduit à quelques braises rougeoyantes, il y posa une bûche et utilisa le tisonnier jusqu'à ce que les flammes dansent au-dessus du bois sec.

— Merci. Je n'avais pas le courage de me lever pour mettre une bûche dans le feu.

Tyler sursauta. Samantha était assise dans l'un des fauteuils.

— Tu m'as fait peur ! s'exclama-t-il.

— Désolée, dit-elle avec un petit sourire bref. Je croyais que tu m'avais vue et que tu n'avais pas envie de parler.

Il la voyait clairement à la lumière du feu. En peignoir bleu marine, sans maquillage, et la masse de ses cheveux bouclés libérée, elle semblait si douce et si fragile ! Il alluma une lampe et se dirigea vers le bar. Là, il prit la bouteille de cognac en essayant d'ignorer son estomac douloureux.

— Tu ferais mieux de boire un verre de lait, fit-elle observer. Qu'est-ce que c'est, un ulcère ?

Il lui lança un coup d'œil étonné, et réalisa avec contrariété qu'il se frottait toujours l'estomac. Elle n'avait pas besoin de savoir de quoi il souffrait... Pour lui, l'ulcère signifiait une faiblesse, un manque de contrôle de ses émotions et de son corps.

— Le lait serait probablement meilleur, dit-il en se versant un verre de cognac.

Il revint s'asseoir devant le feu en face d'elle.

— Depuis quand en souffres-tu ?

— Deux ans. Depuis le procès Waltrip.

— Une affaire difficile ?

— Non, pas vraiment, mais les plaignants étaient épouvantables. C'est la première et la seule fois que je me suis retrouvé accusé d'outrage à la Cour à cause des débordements verbaux scandaleux de mes clients. Le juge Halloran ne s'est pas amusé !

— Il est rude ?

— Oui, mais juste. Il suffit que tu n'oublies pas qu'il est le patron de son tribunal, et tout ira bien.

Il lui lança un regard plein de curiosité.

— Pourquoi as-tu fait du droit, Samantha?

— Pourquoi pas? Je comprends que ça t'étonne. Avec ma nature rebelle, tu t'attendais à ce que je choisisse quelque chose de moins conventionnel — danseuse exotique peut-être, ou stripteaseuse.

Aussitôt, il l'imagina sur scène, vêtue d'un string et d'un minuscule bustier. Un élan de désir l'étreignit en même temps qu'une brûlure à l'estomac — et il serra plus fort le verre entre ses doigts.

— Tu dois reconnaître qu'en partant d'ici, tu n'étais pas précisément sur le chemin du succès.

— Non, ma vie était un vrai gâchis.

Surpris par cet aveu, il examina le visage de Samantha, éclairé par la douce lumière des flammes. Pourquoi le fascinait-elle ainsi? Elle était jolie, sans doute, mais Wilford était plein de jolies femmes et Tyler avait du succès auprès d'elles... Non, ce qui lui plaisait plus que tout en elle, c'étaient sa passion, sa colère, son caractère. En fait, la manière de penser de Samantha et les actes qui en résultaient l'intriguaient depuis toujours.

Mais il devait lutter contre cette attirance. Samantha était peut-être aussi dangereuse et destructrice que la colère et la passion qui l'habitaient lui-même autrefois — et qu'il avait appris à dominer, non sans peine.

— Mon père s'est toujours attendu au pire avec moi, et c'est pourquoi je le lui ai donné. Ce n'est qu'en le quittant que j'ai pu exiger davantage de ma personne..., murmura-t-elle comme pour elle-même.

Elle s'interrompit un instant.

— Pourquoi le droit? Parce que c'était ce que je connaissais le mieux depuis toujours. Et puis, le métier d'avocate est tout de même plus respectable que celui de stripteaseuse!

Recouvrant son sérieux, elle ajouta sans cesser de le fixer:

— Tu ne m'aimes pas beaucoup, n'est-ce pas?

De nouveau, sa franchise le surprit.

— Je crois que je ne t'aimais pas beaucoup quand tu étais adolescente, dit-il avec sincérité. Et je ne sais pas encore si j'aime la femme que tu es devenue...

— Nous n'avons pas besoin de nous aimer pour travailler ensemble.

— Qui sait ? Peut-être apprendrons-nous à nous apprécier l'un l'autre. Avec le temps...

Elle rit de bon cœur.

— Pour cela, il faudra que tu deviennes plus souple !

— Et toi, un peu plus rigoureuse.

Détendu par ce moment de bonne camaraderie, Tyler se laissa aller contre le dossier du fauteuil.

— Ça n'a pas dû être facile pour toi de faire ces études.

Pour la première fois, il imaginait la vie de Samantha ces six dernières années, sans le soutien de sa famille et de ses amis.

— Non, ça n'a pas été facile, avoua-t-elle. Heureusement, il me restait un peu de l'argent hérité de maman ! Cela m'a aidée la première année. Ensuite, j'ai fait divers boulots à mi-temps tout en finissant mes études.

— C'est curieux... Je n'aurais jamais étudié le droit sans ton père. C'est comme s'il avait fait pour moi ce que tu as refusé qu'il fasse pour toi.

— Je n'ai jamais rien refusé, répliqua-t-elle aussitôt. Lui ne m'a jamais rien donné, sinon des critiques. Je pense parfois que je n'ai appris le droit que pour le contrarier... Ça collait si peu avec l'idée qu'il se faisait de moi !

Tyler ne put s'empêcher de rire.

— Voilà qui ne ressemble pas à la Samantha Dark que je connais.

Ils contemplèrent le feu en silence, et Tyler nota qu'il n'avait plus mal à l'estomac depuis un moment. Qui aurait cru qu'il aurait un jour une conversation rationnelle et presque agréable avec Samantha? Comme il lui lançait un regard, il vit avec étonnement des larmes briller dans ses yeux.

— Samantha?

Il se pencha vers elle tandis qu'elle s'essuyait les yeux avec un rire embarrassé.

— Désolée. Je ne sais pas ce qui m'arrive. C'est fini.

— Ça va?

— Je ne peux pas croire qu'il soit parti, murmurat-elle d'une voix étranglée.

L'instant d'après, elle éclatait en sanglots.

Tyler n'avait jamais vu Samantha pleurer. Pour tout dire, jamais il ne l'aurait cru si vulnérable... surtout en ce qui concernait la mort de son père. Jusqu'ici, elle n'avait pas versé une larme, évitant même d'évoquer l'homme qu'elle semblait haïr depuis si longtemps.

Il resta un moment immobile, ne sachant que faire. Puis, comme elle continuait à pleurer, il s'approcha d'elle, désireux de la consoler. Alors, Samantha se leva et dans un élan d'affection presque désespéré, elle se jeta dans ses bras, le visage contre son torse. L'odeur de musc de ses cheveux, mêlée à son parfum de fleurs sauvages, eut sur Tyler un effet des plus troublants.

— Ça va aller, murmura-t-il en l'entourant de ses bras.

Et il se tut, se contentant de la tenir contre lui en caressant son dos secoué par les sanglots.

Peu à peu, elle sembla s'apaiser. Mais loin de s'écarter, elle se blottit davantage contre son torse solide, exacerbant le désir qui grandissait en lui.

Finalement, elle releva la tête, et il sentit son souffle chaud contre son cou. Que portait-elle sous son peignoir? se demanda-t-il malgré lui. A la pensée qu'elle dormait probablement nue, une vision érotique traversa son esprit, et il la serra plus fort contre lui.

Samantha, les lèvres entrouvertes, le regard suppliant, leva son visage vers lui. En cet instant, il sut qu'il allait l'embrasser — quoi qu'il puisse advenir par la suite...

Il avait voulu l'embrasser légèrement, tout d'abord, mais sitôt que leurs bouches s'unirent, la passion fut la plus forte. Les doigts dans sa chevelure, il l'embrassa profondément, mêlant sa langue à la sienne, son corps électrisé.

Le souffle court, Samantha renversa la tête et il l'embrassa dans le cou, puis le lobe de son oreille, descendant de baiser en baiser jusqu'au creux de la gorge. Elle tremblait dans ses bras, submergée par les réactions suscitées par chaque caresse. Lui gémit de désir en posant les mains sur la rondeur de ses seins à travers l'étoffe du peignoir. Il lui dénuda une épaule, mais curieusement, elle retint le vêtement contre elle, le regard rivé dans ses yeux.

Le cœur cognant dans sa poitrine, il s'écarta un peu. Que voulait-elle, au juste...? Comme en réponse à sa question muette, elle lui sourit bientôt, avant de laisser glisser son peignoir à ses pieds. Le souffle coupé, Tyler ne pouvait se rassasier de la vision qui s'offrait à ses yeux. Seulement vêtue d'un minuscule slip de dentelle, son corps comme sculpté par la lumière mobile des flammes, elle était belle à mourir...

A cet instant précis, la fenêtre la plus proche explosa brusquement, répandant mille éclats de verre alentour. Samantha n'eut que le temps de crier avant que Tyler ne se jette sur elle pour la coucher sur le sol. Le crissement des pneus d'une voiture qui démarrait se fit entendre, puis, plus rien.

Tyler bondit vers la fenêtre. Des feux arrière disparaissaient dans la nuit. Tout étourdi, il demeura un instant immobile, avant de s'éloigner de la fenêtre en évitant les débris qui jonchaient le sol.

— Que s'est-il passé? demanda Samantha d'une voix tremblante en enfilant son peignoir.

Il vit alors sur le plancher la brique qu'on avait lancée contre la fenêtre. Un message y était attaché.

— De la part de tes fans, dit-il à Samantha en la lui tendant.

Elle lut le message à haute voix :

— « Laissez tomber l'affaire Marcola »... Qu'est-ce que ça signifie ?

Tyler la regarda avec une irritation croissante tandis que, songeuse, elle allait et venait devant le feu. A chaque pas, il pouvait voir apparaître une longue jambe nue, ce qui l'empêchait de rassembler ses pensées. Enfin... cet incident était au moins arrivé au bon moment. Il s'apprêtait à faire une véritable folie !

— Je t'ai avertie que cette affaire promettait de devenir explosive. Peut-être que ta petite visite à La Cuisine du Diable a dérangé quelqu'un. Pour l'amour du ciel, Samantha, cesse de marcher et assieds-toi !

Elle s'immobilisa, visiblement surprise par la voix dure de Tyler, puis se laissa tomber dans un fauteuil.

— Si tu crois qu'une brique dans une fenêtre va me convaincre d'abandonner cette affaire, tu te trompes lourdement ! lança-t-elle d'une voix rageuse. Au contraire, je me sens plus déterminée que jamais. J'ai maintenant la preuve que quelqu'un a peur de ce que je peux découvrir.

— Je t'en prie, Samantha, laisse un avocat nommé d'office s'en charger.

— Je préférerais te racheter ta part de Justice Inc., déclara-t-elle tout de go. On ne fait pas toujours ce qu'on veut, c'est comme ça !

Tyler la fixa un moment. Avait-elle tenté de le manipuler, un instant plus tôt ? Avait-elle cru que, si elle le séduisait, il lui laisserait sa part du cabinet ?

— Pourquoi est-ce si important pour toi de défendre Dominic ? demanda-t-il. Y a-t-il eu quelque chose entre vous autrefois ?

— Et y a-t-il eu quelque chose entre toi et ma sœur ? répliqua-t-elle d'un ton égal.

— Oh, non ! fit-il, choqué.

— Eh bien, c'est pareil entre Dominic et moi. Je crois même que c'est le seul homme de cette ville avec qui il ne s'est jamais rien passé, dit-elle d'un ton sarcastique.

— Avec moi non plus, même si le soir où je suis allé te chercher au bar James tu n'aurais pas dit non.

Elle se raidit à cette réplique inattendue, les joues enflammées.

— J'avais trop bu, je ne savais pas ce que je faisais...

— Au contraire, tu semblais très bien le savoir. Tout comme il y a à peine un moment.

Il savait qu'il la provoquait, mais c'était plus fort que lui. Il se sentait plus en sécurité quand il y avait de la colère entre eux deux.

Elle se leva, s'approcha, et s'arrêta à quelques centimètres de lui.

— Rassure-toi, cela ne se reproduira plus jamais, dit-elle d'un ton sans réplique. Je préférerais coucher avec Henry Watkins et son affreux postiche plutôt qu'avec toi.

— Parfait. En général, je couche avec des femmes qui me plaisent, et décidément, non, je ne t'aime pas beaucoup.

Malgré elle, elle recula de deux pas.

— Je ne passe pas mes nuits à m'interroger si tu m'aimes ou non, tu sais.

— Je ne t'en demande pas tant ! J'espère seulement que, ce qui t'empêche de dormir, c'est la pensée que si tu échoues dans la défense de Dominic il risque la peine de mort.

— Tu crois que je ne le sais pas ? Mais parlons plutôt de toi. Si je gagne ce procès, je serai l'avocate numéro un de Justice Inc. Avoue que cela te fait passer des nuits blanches : je ferai tout pour que tu renonces à ta part !

Et sur ces mots, elle lui tourna le dos et sortit de la pièce. Tyler l'entendit monter l'escalier d'un pas rageur.

— Appelle la police ! cria-t-il. Il faut faire un procès-verbal !

Elle ne répondit pas, et il sentit revenir ses douleurs d'estomac.

Son regard pensif s'égara vers la fenêtre. Il y a quelques minutes, il avait été sur le point de lui faire l'amour. Encore maintenant, son corps réagissait au seul souvenir de leurs baisers passionnés. Bon sang ! Et que voulait dire cette question au sujet de sa sœur ?

Secouant la tête, il se dirigea vers la cuisine. Aucune raison de laisser ces débris de verre sur le sol — la police n'y trouverait pas le moindre indice intéressant. Et puis il lui faudrait trouver une bâche pour la clouer sur la fenêtre jusqu'à ce qu'on vienne la réparer, demain matin.

Tout en balayant, Tyler songea encore à Samantha. Il éprouvait une forte attirance physique pour elle, il devait le reconnaître. Oui, en dépit de tout, il la désirait comme un fou ! Et à la manière dont elle réagissait, il était clair qu'elle le désirait tout aussi violemment. Après tout, songea-t-il en refoulant un sentiment de satisfaction, mieux valait le savoir que de faire comme si cela n'existait pas...

Un peu plus tard, une fois la bâche clouée, il ramassa la brique et fixa le message dessus. Un avertissement. Et si Samantha avait raison ? Après tout, Dominic pouvait être innocent. Et dans ce cas, l'assassin allait peut-être s'en prendre maintenant à Samantha...

Tyler soupira. Il aurait été plus élégant de quitter le manoir et de dormir dans un motel, mais il ne pouvait pas prendre le risque de la laisser seule dans cette grande demeure.

On frappa à la porte.

— Police! annonça une voix.

Tyler se dirigea vers l'entrée en se frottant l'estomac, conscient que sa paix intérieure si difficilement conquise était sur le point de disparaître.

Oui, c'est toute son existence tranquille qui allait voler en éclats. Et tout ça, à cause d'une affaire criminelle...

Et d'une belle blonde nommée Samantha.

7.

— Merci de me recevoir, madame Monroe, dit Samantha à la femme aux cheveux gris qu'elle avait aperçue à l'enterrement d'Abigail Monroe.

— Je vous en prie, appelez-moi Georgia.

Elle ouvrit la porte, et fit entrer Samantha dans l'appartement.

— Je dois pourtant vous avouer, reprit-elle, que je me demande pourquoi vous désirez me parler. Si cela ne vous ennuie pas, nous allons nous installer dans la cuisine. Je suis en train de faire le pain.

Samantha la suivit à travers le salon décoré avec goût, jusque dans la cuisine ultramoderne où Georgia l'invita à s'asseoir tandis qu'elle-même s'approchait d'un paquet de pâte posé sur le comptoir.

— Je vois que vous êtes très occupée, dit aimablement Samantha tandis que son hôtesse commençait à pétrir.

Georgia Monroe était une femme mûre séduisante, avec des cheveux gris et un visage jeune sans aucune ride. Samantha la soupçonna d'avoir eu recours à la chirurgie esthétique.

— Oh! ma vie était bien différente quand j'étais mariée à Morgan. J'allais de dîners en réceptions... Un vrai cauchemar! Aujourd'hui, elle est beaucoup plus simple — et mieux remplie aussi.

— Combien de temps avez-vous été mariée à Morgan?

— Quarante-deux ans. Je l'ai épousé à dix-neuf ans.

— Et il y a longtemps que vous avez divorcé? s'enquit Samantha en sortant un petit bloc-notes de sa poche.

— Cela fera deux ans le mois prochain.

— C'est vous qui avez demandé le divorce, ou c'est votre mari?

— Oh! ce n'est pas moi. J'avais soixante et un ans, et Morgan traversait une crise. Il travaillait le plus souvent au club, il avait acheté une voiture de sport, et il venait de moins en moins à la maison. Il a en quelque sorte retrouvé sa jeunesse dans les bras d'une jeune beauté blonde.

— Vous avez dû beaucoup souffrir. Et... détester Abigail.

Georgia sourit.

— Vous connaissiez Abigail?

Samantha secoua la tête.

— On ne pouvait pas la détester, assura Georgia. Elle était si vivante, et si belle! J'ai d'abord voulu la haïr, mais je me suis rendu compte que, de toute façon, Morgan en aurait aimé une autre. Il n'était pas heureux avec moi, et il l'était avec elle. Comment aurais-je pu détester une femme qui lui donnait tant de bonheur?

Georgia semblait sincère. Pourtant, cette sympathie de la première Mme Morgan pour la seconde parut bizarre à Samantha. Mais après tout, les émotions étaient bien souvent étranges... Elle en savait quelque chose avec Tyler!

Georgia parut sentir les doutes de Samantha.

— Je ne dis pas que je n'étais pas affreusement malheureuse quand Morgan a voulu divorcer, ajouta-t-elle. J'aime Morgan. Je l'aimerai certainement toujours. Mais je me suis adaptée à ma nouvelle vie. Je fais du pain, de la pâtisserie, je joue au bridge. Mon fils habite ici, avec moi, et dans l'ensemble, ma vie est satisfaisante.

Tout en pétrissant la pâte avec dextérité, elle regarda Samantha dans les yeux.

— Si vous vous imaginez que j'ai quelque chose à voir avec la mort de cette pauvre petite, vous vous trompez.

— Je rassemble autant d'informations que possible, madame Morgan, voilà tout. Je crois que Dominic Marcola est innocent, et le meilleur moyen de le défendre, c'est d'avoir tous les éléments en main.

— Bien sûr.

Georgia étala la pâte, la plia, et la pétrit de nouveau.

— Mais on a retrouvé Dominic à côté du corps, poursuivit-elle, et d'après ce qu'on m'a dit, il avait bu. Je ne sais pas trop quel genre d'information je pourrais vous donner pour vous aider.

Samantha sourit.

— Moi non plus, vous savez. Votre fils s'appelle...

— Kyle.

L'air soudain épouvanté, elle reprit :

— Vous ne pensez pas qu'il puisse être mêlé à cet horrible meurtre ?

— Je rassemble les éléments, c'est tout. Et quel âge a Kyle ?

— Il vient d'avoir vingt et un ans.

— Vous en aviez donc quarante-deux quand il est né.

— Un cadeau du ciel, voilà ce qu'est mon fils ! Un ange du paradis, assura Georgia avec ferveur.

Cette femme-là n'avait pas pu étrangler Abigail Monroe. Impossible d'imaginer une aussi bonne mère impliquée dans un meurtre.

— Auriez-vous une idée de ce qui aurait pu pousser quelqu'un à désirer la mort d'Abigail ? demanda Samantha.

— Non, je ne vois pas. Evidemment, elle pouvait se montrer égocentrique, et même terriblement capricieuse. Mais je ne peux pas comprendre qu'on ait voulu... la tuer.

Des larmes brillèrent dans les yeux bleus de Georgia.

— Pauvre Abigail. Et pauvre Morgan. Il est dans un état...

Le bruit de la porte d'entrée qu'on ouvrait empêcha Samantha de poser la question suivante.

— Je suis là, maman, fit la voix de Kyle depuis le salon.

— Je suis dans la cuisine, chéri.

Kyle parut, et son sourire s'effaça lorsqu'il vit Samantha.

— Que faites-vous ici ?

— Kyle, mon trésor, Mlle Dark est venue me poser quelques questions.

Avec un petit sourire à Samantha, elle ajouta :

— Mon fils est très protecteur avec moi.

Elle prit un torchon et s'essuya les mains.

— Assieds-toi, Kyle. Je vais te préparer une tasse de chocolat.

— Que voulez-vous au juste ? reprit le fils de Georgia, les sourcils froncés.

— Vous poser quelques questions.

— Non, je n'aimais pas Abigail, et non, je ne l'ai pas tuée, lança-t-il, franchement hostile.

— Vous n'avez pas été heureux que votre père l'épouse ?

— Bien sûr que non ! Mon père ne pensait pas avec son cerveau, mais avec une autre partie de son anatomie, quand il a fait ça.

— Kyle ! s'écria Georgia.

Le jeune homme rougit.

— C'est vrai, maman, tu le sais bien. Abigail ne s'intéressait qu'à l'argent, et papa était trop stupide pour le voir.

— Ça suffit, Kyle. Je ne t'ai jamais parlé de ton père en ces termes, déclara Georgia à son ange du paradis d'une voix curieusement dure.

Le visage bouleversé, Kyle s'éloigna de la table, et avant que sa mère ait pu le retenir, il sortit précipitamment de la cuisine. Une seconde plus tard, la porte d'entrée claquait.

Georgia se tourna vers Samantha. Soudain, elle avait le visage d'une femme de soixante-trois ans.

— Ne le jugez pas mal, dit-elle. Morgan et moi avons essayé de le protéger, peut-être un peu trop. Avec le divorce, et maintenant ce crime, il se rend compte que le monde n'est pas toujours très beau.

Samantha se leva.

— Encore un mot, et je vous laisse, madame Monroe. Quand avez-vous vu Abigail pour la dernière fois?

Georgia fronça les sourcils.

— Trois ou quatre jours avant sa mort. Nous nous sommes croisées par hasard en ville, et nous avons déjeuné ensemble au club.

Encore une fois, des larmes brillèrent dans ses yeux bleus.

— Elle était tout excitée. Elle croyait qu'elle était peut-être enceinte, mais elle devait se tromper parce que je n'en ai pas entendu parler... enfin... après.

Samantha essaya de cacher son étonnement. Elle avait parcouru rapidement le rapport d'autopsie, et maintenant, elle avait hâte de rentrer au bureau pour le lire avec plus d'attention.

— Je vous remercie de m'avoir parlé avec franchise, dit-elle.

— Si le jeune homme que vous défendez n'est pas responsable de la mort d'Abigail, j'espère que vous trouverez le coupable, assura Georgia en serrant la main de Samantha entre les siennes. Vous aimez le pain aux raisins et à la cannelle?

— Mais oui...

Georgia se retourna et ouvrit un placard près du four. Plusieurs pains enveloppés dans du papier d'aluminium étaient posés sur une étagère, chacun entouré d'un ruban de couleur différente.

— C'est ma spécialité, expliqua-t-elle. J'en fais trois fois par semaine, et j'en offre aux amis et à la famille.

Elle en prit un avec un ruban rouge, et le tendit à Samantha.

— Le rouge, c'est celui du mardi. Il date donc d'hier. Si vous étiez venue un peu plus tard, je vous en aurais donné un avec un ruban bleu. Le bleu, c'est pour le mercredi.

Samantha prit le pain, et se dirigea vers la sortie.

Un quart d'heure plus tard, elle retrouvait son bureau. Edie n'était pas à la réception. Elle consulta sa montre. 5 h 20... La journée avait passé tel un éclair ! Tout comme cette dernière semaine.

Tyler gara sa voiture devant le bureau, sans s'étonner de voir celle de Samantha encore là à cette heure tardive.

Il l'avait à peine croisée ces derniers jours — depuis qu'ils avaient failli faire l'amour. Un moment de folie, oui ! Il ne voyait aucune autre explication à la tempête de passion qui avait balayé en eux toute raison...

En passant devant le bureau de Jamison, il remarqua le rai de lumière sous la porte. « Le bureau de Samantha », rectifia-t-il en pensée. Et grimpant l'escalier quatre à quatre, il essaya de ne pas penser à elle, mais plutôt à la femme avec qui il venait de dîner.

Sarah Baylor avait trente ans, et c'était exactement le genre de femme qu'il pourrait épouser. Jolie, elle lui avait clairement fait comprendre qu'elle partagerait volontiers avec lui bien plus qu'un dîner de temps en temps. Avec son poste de professeur au lycée et ses opinions conservatrices, elle ne ferait jamais rien qui le mette dans l'embarras, ni qui menace son intégrité personnelle ou professionnelle.

86

Un mois plus tôt, Tyler avait pensé la demander en mariage. Ce soir, cette idée lui avait paru étrangement moins séduisante...

Après avoir rassemblé quelques dossiers, il descendit au rez-de-chaussée et jeta un regard hésitant vers le bureau de Samantha. Depuis une semaine, elle travaillait énormément. Levée avant lui, elle rentrait au manoir longtemps après, alors qu'il était déjà couché. Si elle continuait à ce rythme, elle ne défendrait jamais personne... elle finirait plutôt par se retrouver à l'hôpital !

Se souvenant de son premier grand procès, Tyler savait qu'un avocat fonctionnait à l'adrénaline — et il savait aussi combien c'était épuisant. Mais comment Samantha en aurait-elle eu conscience ? Si Jamison avait été là, il aurait certainement demandé à Tyler d'expliquer à Samantha qu'elle devait ménager ses forces à ce stade de l'affaire.

Finalement, Tyler frappa doucement à la porte du bureau de Samantha. Pas de réponse. Il frappa de nouveau, et comme elle ne réagissait toujours pas, il ouvrit et entra.

Couchée sur la causeuse, ou plutôt pelotonnée sous le cercle de lumière de la lampe de son bureau, elle dormait visiblement à poings fermés. Ses cheveux cascadaient, pareils à un rideau de soie. Elle tenait toujours une liasse de papiers dans une main, tandis que l'autre était abandonnée sous son menton. Ses longues jambes repliées, elle semblait détendue, paisible.

Tyler hésita. Devait-il la réveiller, ou la laisser ici cette nuit ? Non, elle dormirait mal.

— Samantha ? appela-t-il doucement.

Comme elle ne réagit pas, il s'approcha. Son parfum fleuri lui effleura les narines et il serra les poings pour ne pas la toucher, lui caresser la joue, enfouir les doigts dans la masse de ses cheveux... Qu'arriverait-il s'il se penchait et s'il l'embrassait ? Tyler retint une exclamation.

Non, mais pour qui se prenait-il? Pour le prince charmant? Ce n'était certes pas un baiser qui allait transformer Samantha en gentille princesse!

— Réveille-toi, Samantha.

Il lui toucha l'épaule, et les papiers qu'elle tenait tombèrent sur le sol. Soudain, elle ouvrit les yeux.

— Quelle heure est-il? s'enquit-elle.

— Un peu plus de 9 heures.

— J'ai dormi deux heures?

Elle ramassa les feuillets à ses pieds.

— Samantha, dit-il en lui posant une main sur l'épaule, si tu te reposais au moins la nuit?

— Je n'ai pas le temps.

Les papiers à la main, elle se leva et rejoignit le bureau.

— Le procès a lieu dans une semaine. Et j'ai encore beaucoup à faire.

Elle se laissa tomber dans son fauteuil et Tyler s'assit au bord du bureau.

— Pourquoi ne demandes-tu pas un délai? Le juge Halloran te laisserait certainement un peu plus de temps pour préparer le procès.

— Dominic refuse, répondit-elle. Je lui ai dit qu'avec plus de temps, nous aurions davantage de chances de découvrir des preuves de son innocence, mais il veut que tout se passe très vite, et c'est son droit.

Elle fronça les sourcils, et se frotta le milieu du front de l'index.

— Malheureusement, il a l'air de croire que je suis capable de sortir un lapin du chapeau. Il me fait une confiance absolue! Il est convaincu que je vais le tirer de là, et il ne voit pas pourquoi il resterait en prison un jour de plus qu'il ne faut.

Tyler la prit par le menton, et l'obligea à lever le visage vers lui.

— Tu as les yeux cernés, tu as maigri. Depuis quand n'as-tu pas pris un vrai repas?

— Depuis ce matin, dit-elle en se dégageant.

— Quoi ? Un beignet ici, dans ce bureau ?

Comme elle baissait les yeux sans répondre, il la prit par le bras et la força à quitter le fauteuil.

— Mais... qu'est-ce que tu fais ? balbutia-t-elle tandis qu'il l'entraînait vers la porte.

Elle lutta pour se libérer, mais en vain. Sans la lâcher, Tyler s'arrêta sur le seuil et se tourna vers elle.

— Le cerveau a besoin de combustible, Samantha, et tu ne peux lui en donner qu'en mangeant. Je t'emmène au Royale. Au menu de ce soir, on y sert une grillade d'agneau.

— Avec une sauce au raifort ?

— Parfaitement. Viens, laisse ton associé t'inviter à dîner. Tu pourras me raconter ce que tu as découvert sur l'affaire Marcola. Nous ferons le point.

— C'est vrai ? Tu veux bien ? Ça ne t'ennuie pas d'en parler ?

Tyler hésita. Il refusait toujours de s'occuper de l'affaire Marcola. D'ailleurs, trop de choses dans cette histoire lui rappelaient la tragédie de sa propre vie. Il ne tenait pas à réveiller des souvenirs enfouis depuis longtemps.

Mais que faire ? Le regard de Samantha brillait de tant d'espoir... Il se souvint de ces soirées où Jamison et lui discutaient de leurs affaires, partageaient leurs idées, élaboraient une stratégie. C'était ainsi qu'ils avaient appris à se respecter mutuellement, et qu'ils avaient tissé entre eux un lien indestructible.

Et soudain, Tyler voulut cela avec Samantha.

— Viens, nous parlerons pendant que tu dîneras.

Elle sourit — un merveilleux sourire qui eut le don de réchauffer le cœur de Tyler.

Un moment plus tard, ils arrivaient au Royale, le restaurant chic de Wilford. L'hôtesse qui les accueillit haussa un sourcil en voyant Tyler.

— Une soirée surchargée, murmura-t-elle en les guidant vers une table dans une petite alcôve.

Il se sentit rougir légèrement à cette allusion à son rendez-vous ici avec Sarah, une heure plus tôt. Bientôt, l'hôtesse s'éloigna.

— Une soirée surchargée ? répéta Samantha, intriguée.

— J'ai dîné ici tout à l'heure.

— Seul ? Mais non, excuse-moi. Ça ne me regarde pas.

— J'avais un rendez-vous, dit-il.

— Je la connais ?

— Sarah Baylor. Elle enseigne au lycée.

— Une petite blonde ?

— Eh bien, tu vois, tu la connais !

— Non, mais je crois que je t'ai vu parler avec elle à l'enterrement d'Abigail.

— Elle y était, en effet. Dis-moi plutôt où tu en es de ton enquête.

Parler de Sarah avec Samantha le mettait mal à l'aise — d'ailleurs, il se demandait bien pourquoi !

— J'ai demandé à Wylie de chercher si quelque chose dans le passé d'Abigail pouvait être lié au meurtre, dit-elle. Merci de l'avoir convaincu de m'aider.

— Il a trouvé un indice intéressant ?

— Pas encore.

— Il est très fort, Samantha. Rien ne lui échappe.

Une serveuse s'approcha. Samantha commanda la grillade, et Tyler, un café.

— Aujourd'hui, j'ai interrogé Georgia et Kyle, la première femme et le fils de Morgan, reprit-elle lorsque la serveuse se fut éloignée.

— Et alors ?

— Georgia s'est montrée aimable, mais je ne peux pas en dire autant de Kyle, expliqua-t-elle en dépliant sa serviette pour la poser sur ses genoux. On dirait que ce garçon a des problèmes.

Pensant à l'attitude de Samantha quelques années plus tôt, Tyler essaya en vain de réprimer un sourire.

— Surtout, ne dis rien, fit-elle sévèrement comme si elle lisait dans ses pensées.

Il rit de bon cœur.

— Je n'oserais pas !

— Kyle détestait Abigail, poursuivit-elle. Il prétend qu'elle ne s'intéressait qu'à l'argent de son père.

— Tu le soupçonnes ?

— Je n'en sais rien. Peut-être... Je vais demander à Wylie de se renseigner sur lui. Mais Georgia m'a donné une information intéressante. Elle a déjeuné avec Abigail quelques jours avant le crime, et Abigail lui a confié qu'elle pensait être enceinte.

— Tu as vérifié dans le rapport d'autopsie ?

Elle hocha la tête, et des reflets dansèrent dans ses cheveux blonds à la lumière de la bougie au milieu de la table.

— C'est ce que je faisais quand je me suis endormie. D'après l'autopsie, elle n'était pas enceinte.

Sous l'effet de la source lumineuse, elle était splendide, éblouissante, radieuse... Jamais elle ne lui avait paru aussi belle. Mais peut-être était-ce aussi l'effet de leur nouvelle complicité professionnelle...

— Mais qu'elle ait été enceinte ou non n'est pas important, continuait Samantha. Ce qui compte, c'est qu'elle croyait l'être, et à qui elle l'a dit.

Il la regarda. Cette finesse d'analyse l'étonnait. Mais pourquoi ? Peut-être parce que adolescente, elle avait toujours manifesté un réel manque de jugement.

La serveuse apporta la grillade, et pendant un moment, Samantha ne s'intéressa qu'au dîner. Tyler but son café à petites gorgées en la regardant. Elle mangeait comme elle faisait tout — avec conviction, avec passion. Il se demanda si elle faisait l'amour avec le même abandon.

Oui, probablement...

— Je ne me rendais pas compte que j'étais affamée ! dit-elle. Excuse-moi.

Elle s'essuya la bouche avec sa serviette et reprit :

— Alors, où en étions-nous ? Ah ! oui, la grossesse d'Abigail.

— Dominic a dit qu'elle était surexcitée, et sur le point de lui révéler un secret qui, d'après elle, devait lui assurer un fabuleux revenu, rappela-t-il. Ce secret, c'était peut-être qu'elle se croyait enceinte ?

— C'est ce que j'ai pensé d'abord. Mais un bébé ne lui aurait pas rapporté une fortune. Morgan lui aurait sûrement donné de quoi élever l'enfant, mais rien de plus. Non, ce secret devait être autre chose que la perspective d'une naissance. Et la découverte de ce secret nous donnera un indice solide sur l'identité de l'assassin.

— Comment vas-tu organiser la défense si tu ne trouves pas qui est le meurtrier ?

Lorsqu'elle eut commandé du gâteau au chocolat et un café, elle lui expliqua qu'elle se servirait de quelques facteurs trouvés dans des rapports de police bâclés, en espérant montrer au jury le ridicule de l'accusation contre Dominic. Ses yeux emplis d'intelligence brillaient d'émotion et de conviction. « Si les membres du jury la regardent dans les yeux, pensa-t-il, ils croiront tout ce qu'elle leur dira. »

— Il y a d'abord le rapport toxicologique. On n'a pas trouvé tellement d'alcool dans le sang d'Abigail et de Dominic, mais beaucoup de barbituriques. Etrange, non ?

Ce que Tyler trouvait encore plus étrange, c'est qu'il ne parvenait pas à se concentrer sur les paroles de Samantha. La blondeur extraordinaire de ses cheveux le fascinait, tout comme la beauté de son sourire.

— Plus étrange encore, poursuivit-elle, c'est que personne n'a examiné le champagne. On a jeté la bouteille sans le faire exprès.

— Tu crois qu'ils ont été drogués ?

— J'en suis persuadée ! Dominic a dit qu'ils n'avaient pas assez bu pour être ivres, puis il a perdu connaissance. Il affirme que la bouteille était ouverte quand il est arrivé, et qu'elle était déjà à moitié vide lorsqu'ils ont commencé à boire.

— Continue...

— Quand j'ai interrogé Morgan, je lui ai demandé si Abigail avait l'habitude de boire. Il paraît qu'elle buvait plusieurs verres de champagne dans l'après-midi. Elle aimait ça, et en avait toujours une bouteille dans le réfrigérateur. Ça, plus l'appel à la police depuis La Cuisine du Diable, à deux pas du lieu du crime, me permet de douter raisonnablement de ce qui est arrivé ce soir-là.

— Ta démonstration gagnerait en force si tu pouvais suggérer que d'autres personnes avaient des raisons de la tuer.

— Pas de problème. Kyle Monroe peut avoir appris qu'Abigail se croyait enceinte, et avoir eu peur que cette nouvelle famille ne menace son héritage. Ensuite, il y a Morgan lui-même. En dépit de son alibi, il peut avoir engagé un tueur pour se débarrasser d'une femme qui ne l'avait épousé que pour son argent. Et j'ai l'impression que, quand Wylie aura fini d'enquêter sur le passé d'Abigail, il aura quelques suspects à m'offrir pour la défense de Dominic. De plus, si le crime a été commis par un professionnel engagé pour ça, Bones finira par entendre quelque chose d'important.

— Ah ! oui, Bones. Tu ne m'as toujours pas dit comment tu l'avais rencontré.

— Bones faisait partie de ma bande de copains au lycée. Il m'a aidée plus d'une fois à sortir du manoir.

En apprenant cela, Tyler eut un douloureux pincement au cœur. De la jalousie ? Non, sûrement pas... plutôt de l'irritation.

— Tu as fait beaucoup de peine à ton père avec tes révoltes d'adolescente, remarqua-t-il alors.

— Et lui, il n'a jamais cessé de me faire du mal! Tu n'étais pas là, après la mort de ma mère. Tu n'as connu que le juriste, l'avocat, l'orateur plein de charisme. Pas l'homme — le père froid et distant, celui qui m'a si souvent répété que je n'étais capable de rien, et que je ne serais jamais personne.

— C'est pour lui prouver le contraire que tu défends Dominic? demanda-t-il, le cœur serré par l'expression malheureuse de Samantha.

— Non, c'est pour me le prouver à moi-même. Si je gagne, je saurai ce que je vaux. Et si je perds, c'est que mon père avait raison.

— Ce n'est qu'un procès, Samantha.

— Non, Tyler, ce n'est que ma vie!

Son sourire triste l'émut jusqu'au plus profond de lui-même. Soudain, il devint très important pour Tyler qu'elle gagne.

— Si tu veux, je serai heureux de te seconder pendant le procès, dit-il spontanément.

Elle lui répondit d'un sourire émerveillé, et Tyler ne put s'empêcher de soupirer.

En essayant de l'aider à sauver son âme, il risquait peut-être de perdre la sienne...

94

8.

Tyler se réveilla à l'aube après une nuit agitée de cauchemars. Le procès de Dominic commençait aujourd'hui, et il s'était couché tard, après avoir mis au point les derniers détails avec Samantha.

Un jury de huit femmes et de quatre hommes devait finalement décider du sort de Dominic Marcola. Qu'il y ait deux fois plus de femmes rassurait Samantha, car selon elle, les femmes ne croiraient pas un homme amoureux capable d'un crime aussi odieux. Une opinion qui avait surpris Tyler, lui rappelant qu'il avait quasiment oublié la notion d'amour vrai et durable.

Il prit une douche, mit l'un de ses costumes sombres d'homme d'affaires, et descendit au rez-de-chaussée. Samantha était déjà dans la cuisine. Visiblement nerveuse, elle était pareille à une biche apeurée par une meute de chasseurs à ses trousses, et Tyler ne put s'empêcher de la trouver infiniment séduisante. Un mélange de force et de fragilité, songea-t-il en buvant son café en face d'elle.

Et à 8 heures, ils montaient dans la voiture de Tyler et prenaient le chemin du tribunal. Le procès commençait à 9 heures, et Samantha souhaitait avoir un peu de temps pour s'entretenir d'abord avec Dominic.

Comme ils s'en doutaient, un groupe de journalistes empressés les attendait devant le tribunal. Samantha —

à la grande surprise de Tyler — leur répondit avec l'autorité d'une vraie professionnelle. Très séduisante dans son tailleur noir acheté pour l'occasion, ses cheveux blonds coiffés en une épaisse natte, elle réussit à communiquer sa certitude de l'innocence de son client, avec beaucoup d'humour et d'assurance.

Gary Watters, journaliste au journal de Wilford, se tourna alors vers Tyler.

— Que pensez-vous de votre associé, monsieur ...? Est-elle aussi forte que son père?

— Elle est encore meilleure.

— On raconte qu'il y a davantage que des relations d'affaires entre vous et la belle Mlle Dark.

— Laissez parler les commères, assura Tyler d'un ton légèrement irrité.

Echappant aux journalistes, ils finirent par rejoindre la salle de réunion où ils devaient rencontrer leur client. Samantha vibrait d'énergie, les joues roses d'excitation.

— Jure-moi que tu crois en moi, dit-elle en se tournant vers Tyler.

Comme elle se cramponnait à lui, il vit que ses mains tremblaient. A son regard, il sut qu'elle mourait de peur.

— Je n'ai jamais cru en personne autant qu'à toi en ce moment, assura-t-il en lui prenant le visage entre ses paumes. Ton père serait fier de toi.

— Ne gâche pas cette journée en me parlant de lui, murmura-t-elle en s'écartant.

Elle posa son attaché-case sur la table et en sortit ses dossiers.

— Tôt ou tard, il faudra bien que tu lui pardonnes, Samantha.

— Pour l'instant, répliqua-t-elle, je dois gagner ce procès. Je ne lui dois rien.

Dominic fut amené dans la salle, interrompant leur conversation. Désormais, il fallait penser à le préparer à affronter cette journée au tribunal...

Le procès commença à 9 heures exactement. En costume beige avec une cravate saumon, Chester Parks ouvrit le feu dans son style flamboyant habituel. Elevant la voix comme un exorciste chassant les démons, le visage rouge, il s'adressa au jury sur un ton solennel et un peu trop grandiloquent.

Puis ce fut au tour de Samantha de prendre la parole. Elle se leva avec une calme assurance et s'approchant des jurés, entreprit de plaider sa cause sur le ton amical de la conversation. Souriante, professionnelle et séduisante, elle s'adressait à chacun des jurés sur un ton personnel et convivial, comme si elle les pensait trop intelligents pour ne pas approuver sa manière de voir.

Au fur et à mesure de sa plaidoirie, Tyler se détendit peu à peu. Les jurés se penchaient vers Samantha, l'écoutant intensément tandis qu'elle expliquait comment elle allait prouver que Dominic ne pouvait pas avoir tué Abigail Monroe.

A la fin, en rejoignant sa place, elle passa devant Chester et lui glissa quelques mots. Il pâlit avant de rougir, manifestement désorienté.

— Monsieur Parks ? Votre premier témoin ? fit le juge.

— Oui, bien sûr...

Tyler se pencha vers son associée.

— Tu l'as déstabilisé, chuchota-t-il. Que lui as-tu dit ?

Elle sourit, les yeux brillants de malice.

— Que mon slip était de la même couleur que sa cravate.

Il ne sut que penser. C'était le genre de comportement qu'il désapprouvait absolument, et pourtant, il ne pouvait en nier le résultat. Chester Parks n'arrivait visiblement pas à recouvrer une contenance.

— Et ce n'est qu'un début, ajouta-t-elle tout bas.

***

— Dis-le-moi encore... J'ai été bien, n'est-ce pas ? demanda Samantha en rentrant au manoir à la fin de la journée.

Tout en se dirigeant vers le salon, où Virginia avait allumé le feu avant de partir, elle avait envie de chanter, de danser, de crier sa joie au monde entier. Un premier jour, et une première victoire !

Adossé au chambranle, Tyler la regarda enlever ses escarpins à hauts talons.

— Tu as été parfaite, dit-il en souriant. Tout s'est très bien passé, mais n'oublie pas que ce n'est que le premier jour. Ce sera un long procès avec de bons moments, mais aussi de moins bons.

— Je ne l'oublie pas. Mais reconnais que j'ai emporté le morceau !

Tyler rit de bon cœur.

— Je le reconnais.

— Tu as faim ? Moi, je suis affamée ! Allons voir ce que Virginia nous a préparé pour dîner.

Quelques minutes plus tard, ils mangeaient des sandwichs à la viande froide et des chips tout en discutant des événements de la journée.

— Quand le policier Winstead a dit que l'appel anonyme au commissariat lui avait paru suspect, j'ai eu l'impression de recevoir un cadeau du ciel ! dit-elle.

— Il est trop jeune pour savoir qu'on ne donne pas spontanément une opinion personnelle comme celle-ci. On va le lui faire comprendre, crois-moi.

— Et lorsque les types de la médecine légale ont admis qu'ils avaient eu tort de jeter la bouteille de champagne ? Si le jury avait délibéré ce soir, je gagnais !

— Oui, mais ce n'est pas le cas. Et demain, Chester peut reprendre le dessus...

— Pourquoi es-tu aussi pessimiste ?

— Je veux simplement que tu gardes les pieds sur terre.

— Je sais qu'aujourd'hui, j'ai eu de la chance avec les témoins de l'accusation. Mais je m'en suis quand même bien sortie, non?

— Oui, très bien! Je me souviens du premier jour de mon premier procès. J'étais exalté par mon succès, moi aussi. Ton père m'a dit que j'avais encore beaucoup à apprendre, et il m'a mis en garde contre une euphorie prématurée.

— Oh! Il était très fort pour ça...

Elle savait que Tyler avait raison, mais elle ne voulait pas penser à son père. Pas ce soir.

A 22 heures, après avoir plaisamment conversé, Tyler se leva.

— Ne va pas te coucher tout de suite, dit-elle. Faisons d'abord la fête.

— Ça manque sacrément d'invités.

— Et que dis-tu d'une fête avec seulement toi et moi?

Elle lui prit la main.

— Viens, allons dans le salon, et danse avec moi. Je t'en prie, Tyler, insista-t-elle en voyant qu'il hésitait. C'est le plus beau jour de ma vie!

Il sourit.

— Tu veux danser? Bon, allons-y.

Une fois la radio allumée, ils dansèrent sur tous les airs qui passèrent — le twist, le rock, la macarena... — et Samanta découvrit avec étonnement que Tyler était un bon danseur. Très vite, ils enlevèrent leurs vestes et Tyler sa cravate, tandis que Samantha laissait flotter librement sa blouse sur la jupe.

Tout en dansant comme deux adolescents, ils parlèrent encore du procès et mirent sur pied une stratégie pour le lendemain. Samantha ne s'était jamais sentie aussi vivante. Si seulement elle avait pu mettre son bonheur en bouteille pour le garder toujours!

Enfin, la radio diffusa un air plus doux au rythme

lent, et elle se glissa naturellement dans les bras de Tyler. Leur premier slow..., songea-t-elle en le prenant par le cou, se serrant contre lui pour sentir les battements de son cœur près du sien. Et soudain, elle se souvint de la brique brisant la fenêtre, le soir où ils avaient presque fait l'amour.

Comme elle le désirait, ce soir-là... Ses baisers avaient éveillé en elle des émotions dont elle ne soupçonnait pas l'existence, diffusant dans ses veines une langueur aussi troublante que merveilleuse.

Levant la tête, elle le regarda, consciente qu'il respirait plus vite.

— Embrasse-moi, Tyler, murmura-t-elle. Et fais-moi l'amour. Je te veux...

Tyler n'eut pas besoin de se faire prier. L'instant d'après, il s'emparait de sa bouche en un baiser fiévreux qu'elle lui rendit avec une même passion, tandis qu'il la serrait étroitement contre lui. La bouche de Tyler glissait dans son cou, et elle en profita pour déboutonner sa chemise, découvrant en gémissant sa peau nue sous ses doigts.

Les sens exacerbés, Tyler enleva bientôt sa chemise, révélant son magnifique torse musclé, couvert d'une toison brune. A son tour, il déboutonna la blouse de Samantha qu'il ôta lentement en lui dévorant tendrement la gorge, les bras, la naissance de ses seins.

Comme elle s'allongeait sur le tapis devant le feu, Tyler la prit dans ses bras et dégrafa avec délicatesse son soutien-gorge.

— Tu es belle, dit-il tout bas, la voix rauque.

Et la couvrant de son corps, il lui prit de nouveau les lèvres pour lui délivrer un baiser profond et envoûtant.

De ses doigts tremblants, elle défit à son tour la ceinture du pantalon. Elle savait que le toucher là c'était franchir une frontière sans retour. Mais c'était ce qu'elle voulait... Cet instant de bonheur, auprès de cet

100

homme qu'elle désirait plus que tout au monde, il lui semblait qu'elle l'avait attendu toute sa vie.

A demi nus l'un contre l'autre, Tyler s'adonna à une enivrante démonstration de ses pouvoirs érotiques. Sa bouche expérimentée se posait sur un sein, en agaçant la pointe de la langue, tandis que ses mains couraient sur le ventre offert à son désir. Frissonnante, Samantha crut perdre le contrôle de son corps et de son esprit. Une onde de chaleur embrasa ses veines lorsqu'il fit glisser le slip de dentelle sur ses hanches et qu'entièrement nue, il la couvrit de caresses et de baisers qui lui firent entrevoir des sommets inconnus d'elle à ce jour. A bout de souffle, il lui semblait qu'un océan de plaisir déferlait en elle dans l'attente du moment suprême. Enfin il se débarrassa lui-même de son slip, et la regardant dans les yeux, il entra en elle avec une infinie douceur.

Soudain, il s'immobilisa.

— Samantha, tu...

— Chut! Ne le dis pas, Tyler... Ne t'arrête pas...

Et l'enveloppant de ses bras, elle le retint en elle, se cambrant contre lui tandis qu'une douleur — bientôt suivie du plaisir — la traversait et que des larmes coulaient sur ses joues.

— Aime-moi, Tyler...

— Oui, gémit-il. Oh! oui.

Ils se mirent à bouger au même rythme venu du fond des âges et elle ferma les yeux, s'abandonnant à ce rêve éveillé qui emportait tous ses scrupules et faisait d'elle une femme.

Samantha ne rouvrit les yeux que lorsque Tyler eut roulé sur le côté et qu'elle eut recouvré son souffle. Appuyé sur un coude, il la contemplait d'un air étrange, indéchiffrable.

— Ne dis rien, Tyler. Ne me dis pas que ce qui vient d'arriver était une erreur. Je voulais le faire.

— Pourquoi avec moi?

— Pourquoi pas? J'en ai eu envie, tu étais là, et je ne t'ai pas entendu protester.

Déçue et humiliée par ce moment de conflit qui suivait le plus grand événement de sa vie, elle ramassa son slip de dentelle, se leva et l'enfila rapidement.

— Il faut que tu m'excuses si je ne sais pas ce qu'on fait après l'amour. On s'embrasse? On se souhaite une bonne nuit? On fume une cigarette?

Elle le vit crisper sa mâchoire. Mais à quoi s'attendait-il? Croyait-il qu'elle allait lui murmurer qu'elle l'aimait, lui dire qu'elle avait senti la terre trembler tandis qu'il la possédait, corps et âme?

Pas question. Elle savait depuis toujours qu'elle n'était pas le genre de femme capable de lui inspirer de l'amour. Il pouvait la désirer, mais pas lui donner son cœur. D'ailleurs, il en allait de même pour elle. Elle savait depuis très longtemps qu'aimer faisait mal. Son père le lui avait appris. Et elle ne permettrait plus jamais à personne de la faire souffrir.

— Je ne comprends toujours pas, déclara Tyler.

— Qu'y a-t-il à comprendre? N'en fais pas toute une histoire...

A cet instant, le téléphone sonna, les faisant tous deux sursauter. Tyler décrocha l'appareil sur la table basse tandis que Samantha enfilait sa blouse.

— C'est pour toi, dit-il.

Elle prit le récepteur.

— Allô!

— J'ai du nouveau pour toi, Sam.

Bones parlait tout bas au bout du fil.

— Tu es en danger, Sam. On veut que tu renonces à défendre Marcola. J'ai entendu dire qu'on offre cinq mille dollars pour te mettre définitivement sur la touche.

— Mais qui?

— C'est tout ce que je sais.

Il raccrocha sans un mot de plus.

Samantha posa lentement le récepteur, puis se tourna vers Tyler qui avait remis son pantalon et qui boutonnait sa chemise.

— C'était Bones, dit-elle. Il paraît qu'on veut me tuer.

9.

L'expert qui avait examiné les cheveux et les fibres trouvés dans la chambre d'Abigail Monroe était à la barre.

Assis sur le banc de la défense, Tyler étouffa un bâillement et jeta un coup d'œil à Samantha. Elle écoutait attentivement le témoignage de l'expert, ne le quittant des yeux que pour prendre quelques notes.

Qui pouvait bien vouloir la tuer ? Ils en avaient parlé longtemps hier soir, après le coup de fil de Bones, sans trouver le moindre début de réponse à cette question. Et Tyler était très inquiet pour elle. Sans compter que la découverte d'une autre Samantha, totalement inconnue à ce jour — ardente, sauvage et... vierge —, le chamboulait complètement. Il la regarda, pensant à la douceur de sa peau, à leur parfaite entente sensuelle, et aussitôt un élan de désir le traversa. Il détourna le regard, au moment même où le pathologiste venait à la barre.

Quand la première photo de la victime apparut sur l'écran, Tyler la fixa et se souvint d'une autre jeune morte. Il eut alors une sensation de nausée, tandis que des visions lui revenaient à la mémoire — des visions qu'il essayait en vain d'oublier depuis l'âge de quatorze ans.

Samantha lui toucha le bras et se pencha vers lui.

— Ça va ? chuchota-t-elle.

— Oui, oui, assura-t-il, ça va.

Très vite, elle suggéra au juge une pause pour le déjeuner. Et un moment plus tard, Tyler et Samantha entraient dans une salle de réunion.

— Que se passe-t-il? demanda-t-elle en refermant la porte. Je t'en prie, dis-le-moi, Tyler!

Il s'approcha de la table, se passa la main dans les cheveux.

— Ces photos d'Abigail... m'ont rappelé ma mère, avoua-t-il.

— Ta mère?

— J'avais quatorze ans, et j'étais dehors avec mes copains, commença-t-il en fixant les arbres par la fenêtre. Il était tard, mais je ne voulais pas rentrer à la maison. L'ami de ma mère y était, et je le détestais. Quand mes copains sont finalement rentrés chez eux, je l'ai fait aussi. Dès que j'ai vu les voitures de police devant l'entrée de notre immeuble, j'ai compris que ma mère était morte... qu'il l'avait tuée.

Samantha eut un regard stupéfait.

— Mais c'est affreux!

— Les policiers ont essayé de m'empêcher de passer, mais je me suis glissé entre eux et j'ai grimpé jusqu'au sixième étage. J'ai bousculé le flic qui se tenait devant la porte, et je suis entré dans la chambre. Allongée sur le lit, elle semblait endormie.

Il se tourna vers Samantha, et la regarda.

— Un instant, j'ai pensé qu'elle allait se réveiller, qu'il ne s'était rien passé, et puis, j'ai vu sa chemise de nuit couverte de sang.

— Oh! Tyler...

Elle s'approcha et lui mit les bras autour du cou, le réchauffant de son corps en le serrant étroitement contre sa poitrine.

— Tu aurais dû m'en parler plus tôt, dit-elle en lui caressant les cheveux. Nous aurions pu t'éviter d'être au tribunal pendant le témoignage du pathologiste.

106

Tyler se dégagea, brusquement gêné de se montrer si faible.

— Ça va mieux.

— Tu veux déjeuner ?

— Je n'ai pas faim.

— Moi non plus.

Elle s'assit à la table tandis qu'il s'approchait de la fenêtre, le regard lointain. Les images défilaient toujours dans sa tête : le corps de sa mère qu'on emmenait, les sanglots pathétiques de l'assassin menotté... des souvenirs qui réveillaient sa colère.

— C'est pour ça que tu refuses les affaires de meurtre, n'est-ce pas ?

Il se tourna vers elle, et hocha la tête.

— Je crois que je serais incapable d'objectivité dans la défense d'un meurtrier.

— Qu'est devenu l'assassin de ta mère ?

Soudain épuisé, Tyler s'assit en face d'elle.

— Il s'appelait Doug Woods. Le procureur et l'avocat de la défense ont fini par s'entendre pour réduire la gravité des charges, et il a été condamné à sept ans de prison, répondit-il d'un ton amer.

— Pourquoi es-tu avocat de la défense ? Après cette expérience, tu aurais pu choisir de devenir procureur.

Il eut un sourire las.

— Je n'ai d'abord pensé qu'à devenir assez fort pour tuer Doug Woods à sa sortie de prison. Et puis, j'ai rencontré ton père. J'avais connu toute une série de foyers d'accueil, et j'avais un si grand besoin d'affection que, si ton père avait été un bandit, je serais devenu cambrioleur rien que pour lui plaire.

Samantha tendit le bras par-dessus la table, et lui prit la main.

— Je suis heureuse que mon père t'ait remarqué.

Tyler la regarda en se demandant pourquoi et quand exactement il était tombé amoureux de Samantha Dark.

En sortant du tribunal, un peu plus tard, Samantha décida d'aller à la bibliothèque. Tyler essaya en vain de l'en dissuader. Finalement, il l'y accompagna en voiture. Elle lui promit d'être très prudente, de rentrer directement au manoir en taxi, et d'y être pour le dîner.

A la bibliothèque, elle monta tout de suite au premier étage, dans la salle des périodiques. Seule dans la vaste pièce, elle s'installa à une table. Ici, elle pourrait travailler et réfléchir sans être dérangée. Elle sortit un épais dossier de son attaché-case et le posa devant elle, mais son esprit inlassablement revenait vers Tyler.

Les coudes sur la table, le visage entre les mains, elle se souvint de ses baisers, de ses caresses, de sa passion, de sa tendresse quand il lui faisait l'amour. Mais non, il ne s'agissait pas d'amour, se dit-elle en ouvrant les yeux. Elle ne devait pas confondre amour et désir, sous peine de souffrir infiniment...

Il l'avait déjà bouleversée avec l'histoire de la mort affreuse de sa mère. En cet instant, elle avait eu envie de le délivrer de sa souffrance, de la prendre sur elle en un mouvement d'empathie très inhabituel chez elle. Elle essaya de s'imaginer la vie d'un adolescent qui grandissait sans ses parents, de foyer en foyer d'accueil. Comme ce devait être difficile ! Elle-même avait détesté son père, mais au moins savait-elle qu'il était là pour la protéger.

Soudain, elle refusa de penser plus longtemps à tout cela. Son père était mort. Quant à Tyler, il était bien vivant, et elle ne ferait plus l'amour avec lui, car il n'y aurait jamais autre chose entre eux qu'une attirance physique.

Prenant son courage à deux mains, Samantha ouvrit le dossier, et se concentra plusieurs heures sur le procès de Dominic en prenant des notes et en envisageant divers scénarios. Elle ne pensait plus que Morgan Monroe ait pu

108

engager un tueur pour se débarrasser d'Abigail. A moins qu'il ne fût un comédien exceptionnel, il semblait réellement ravagé par la mort de sa jeune épouse. Non, c'était plutôt Kyle qu'il fallait soupçonner. Mais bien qu'il ait pu avoir quelque chose en commun avec ce crime, elle ne disposait pour l'instant d'aucun élément solide pour présenter cette hypothèse devant le jury.

Quand elle jeta un coup d'œil à sa montre, elle découvrit avec étonnement qu'il était presque 18 heures. Aussitôt, elle rangea ses affaires, et descendit au rez-de-chaussée. Elle se dirigeait vers la cabine téléphonique lorsque, contre toute attente, elle aperçut sa sœur en train de choisir des livres.

— On peut faire de mauvaises rencontres à la bibliothèque..., dit-elle en approchant.

Melissa se retourna et sourit.

— Oh! mais c'est la belle Samantha Dark, l'avocate dont tout le monde parle!

Samantha remarqua qu'elle paraissait détendue, bien plus heureuse que lors de leur déjeuner ensemble.

— Pourquoi n'es-tu pas au tribunal? s'enquit Melissa.

— L'audience n'a pas duré très longtemps aujourd'hui. Je suis venue travailler ici.

— Pourquoi ici et pas au bureau?

Elles se dirigèrent vers le comptoir où Melissa fit enregistrer les livres qu'elle empruntait.

— J'ai eu envie de changer de cadre, expliqua Samantha.

— Je m'apprêtais à aller dans ce petit restaurant mexicain, en bas de la rue. Tu dînes avec moi?

Samantha hésita. Tyler l'attendait à la maison. Mais après tout, elle n'était pas mariée avec lui, et elle ne lui devait rien.

— Avec plaisir, répondit-elle.

Elles sortirent ensemble de la bibliothèque.

— Comment se passe le procès? demanda Melissa tandis qu'elles se dirigeaient vers La Casa Cantina.

— Il est trop tôt pour le dire. Je ne commencerai à plaider que la semaine prochaine.

— Tu es prête ?

— Non, répondit Samantha avec un sourire. Mais je me prépare. Wylie Brooks travaille pour moi.

— Je croyais qu'il avait pris sa retraite.

— Tyler l'a convaincu de se remettre au travail pour m'aider.

Elles entrèrent dans le petit restaurant.

— Et ton divorce ? s'enquit Samantha lorsqu'elles furent assises à une table et qu'elles eurent commandé leur repas.

— Je ne divorce plus.

— Ah bon ?

Un sourire heureux illumina le visage de Melissa.

— Bill fait ce qu'il peut pour que tout aille bien entre nous. Nous avons parlé de nos problèmes, et je crois vraiment que nous pouvons les surmonter. Et puis, j'attends un enfant. Je le sais avec certitude depuis ce matin.

— Oh ! Melissa, mais c'est merveilleux, dit Samantha en lui prenant la main. Je suis si heureuse pour toi...

Melissa rit en serrant la main de sa sœur.

— Moi aussi, tu sais, tu n'imagines pas combien je suis heureuse. En fait, j'ai encore du mal à y croire, mais le médecin est formel : mon bébé sera là dans sept mois.

— Bill est au courant ?

— Je le lui ai dit dès que je l'ai su. Il est fou de joie !

Samantha eut, le temps d'un court instant, un intense sentiment d'envie — de jalousie, presque. Un mari. Un bébé. Des rêves qu'elle se permettait rarement... car si elle croyait en la possibilité d'un amour profond, constant, il n'était pas pour elle.

— Comment ça marche entre toi et Tyler ? reprit Melissa.

— Nous ne nous sommes pas encore entretués, répondit Samantha en souriant.

— Quel progrès !

Melissa rit. Et Samantha se demanda ce que dirait sa sœur si elle lui apprenait qu'ils avaient fait l'amour. Mais il existait certaines choses que l'on ne pouvait partager avec personne — pas même avec une sœur...

— Tu sais, Samantha, je suis désolée d'avoir été si brusque avec toi quand nous avons déjeuné ensemble au club. J'étais tourmentée... la mort de papa, la peur de divorcer...

— Et des sentiments ambivalents envers moi.

Melissa parut surprise et Samantha lui sourit.

— Tu te souviens comme nous nous aimions quand maman était encore là ? En grandissant, nous avons perdu cet amour. Je veux le retrouver, mais je crois que, pour ça, nous devons comprendre ensemble la raison du ressentiment qui nous a séparées.

— Je ne suis pas en colère contre toi, protesta Melissa.

— Si, et moi aussi, je le suis un peu — et nous devons cela à papa.

Imitant la voix de leur père, Samantha poursuivit :

— Pourquoi ne peux-tu ressembler un peu plus à ta sœur ? Elle est douce, elle se tient bien. Prends exemple sur elle, Samantha !

Melissa la fixa, visiblement stupéfaite. Puis, elle se mit à rire.

— Tu sais ce qu'il me disait, à moi ? Pourquoi n'es-tu pas aussi intelligente que Samantha ? Elle fait peut-être de mauvais choix, mais son esprit est aussi effilé qu'un rasoir, tandis que tu ne sais que faire des petites manières et sourire.

— Il te disait vraiment ça ? fit Samantha, interloquée.

— Sans arrêt. Quand il n'était pas furieux de tes escapades, il ne parlait que de tes succès. Il ne s'intéressait qu'à toi. Il t'admirait.

Samantha avait soudain l'impression que le monde basculait autour d'elle.

— Et dire que je croyais jusqu'à aujourd'hui qu'il n'aimait que toi... Melissa est charmante, Melissa sait recevoir, tout le monde aime Melissa... Tu crois qu'il le faisait exprès ?

Sa sœur eut un sourire triste.

— Non, je crois qu'il ne savait pas comment s'y prendre pour élever seul deux petites filles, et qu'il a utilisé les seuls outils dont il disposait — le sarcasme, la comparaison, la froideur. Pas par méchanceté, mais parce qu'il était dépassé.

— En tout cas, il ne m'aimait pas — et cela, je ne le lui pardonnerai jamais.

— Il ne faut pas dire jamais, Samantha.

— Tu sais ce qu'on dit : l'erreur est humaine, le pardon est divin. Eh bien, je ne suis qu'humaine, et je ne peux ni oublier ni pardonner.

— Je t'ai menti tout à l'heure, avoua Melissa. En réalité, j'ai éprouvé du ressentiment envers toi.

Elle s'interrompit un instant.

— Pourquoi es-tu partie, Samantha ? Pourquoi m'as-tu laissée toute seule ? J'ai eu le sentiment d'être abandonnée, une deuxième fois, comme quand maman est morte.

— Non, je ne t'ai pas abandonnée, assura Samantha en évitant le regard de sa sœur. J'étouffais, j'avais l'impression de mourir à petit feu dans cette maison...

Elle regarda de nouveau Melissa, et poursuivit :

— Je faisais des tas de bêtises uniquement pour me détruire. Il fallait que je parte, c'était une question de vie ou de mort. Tu comprends ?

— Oui. Et je m'en rends compte seulement maintenant, reconnut Melissa en prenant à son tour la main de sa sœur. Nous avons fini par grandir, toi et moi.

— Il était temps, assura Samantha, souriante, en serrant affectueusement la main de Melissa.

Elles dînèrent en continuant à bavarder, évoquant les années passées avec beaucoup de gaieté et de bonne

112

humeur. Puis, Melissa dut quitter sa sœur : Bill l'attendait. A son tour, Samantha se leva pour appeler un taxi, et sortit du restaurant.

La nuit était froide, et elle remonta le col de son manteau. C'est alors que, soudain, elle perçut un mouvement derrière elle. Samantha n'eut même pas le temps d'avoir peur. L'instant d'après, elle sentit qu'on la poussait violemment et elle tomba en avant, amortissant de justesse sa chute avec ses mains. Puis, venu de nulle part, un coup à la jambe lui arracha un hurlement — bientôt suivi par un deuxième coup et un léger craquement. « Il m'a cassé la jambe », pensa-t-elle en s'effondrant à plat ventre, affolée.

Puis, ce fut une douleur atroce. Elle sentit encore qu'on la frappait à la nuque, avant de sombrer dans le noir. Sa dernière pensée fut pour Tyler.

Il allait être fou de rage...

10.

Voyant que Samantha ne rentrait pas à l'heure du dîner, Tyler calma son inquiétude en se disant qu'elle était irresponsable et totalement imprévisible. Rien d'étonnant, à ce compte, qu'elle soit en retard !

Il attendit jusqu'à plus de 19 heures. Puis, enfin, il se décida à dîner seul, l'esprit tourné vers Samantha et la journée passée ensemble. Oui, il avait bien agi en parlant à Samantha du jour horrible qui avait changé sa vie pour toujours. On lui avait enlevé la seule femme qui l'ait jamais vraiment aimé — et cela, il avait eu besoin de le dire enfin à une oreille attentive et compréhensive. Tout ce qu'était Samantha.

Samantha. Quand elle le tenait contre elle, le réconfortait, il avait cru ressentir de l'amour pour elle. Depuis, il comprenait qu'à cet instant, submergé par les émotions, il avait éprouvé une immense gratitude. Rien de plus — et rien de moins.

Virginia interrompit ses pensées.

— Si vous n'avez besoin de rien, je vais partir, dit-elle en paraissant sur le seuil de la salle à manger. Je ne vais tout de même pas attendre qu'elle rentre !

— Puis-je vous poser une question, Virginia ?

Elle hocha la tête, et s'avança d'un pas.

— Pourquoi n'aimez-vous pas Samantha ? demanda-t-il.

115

La gouvernante le fixa un moment.

— Ce n'est pas que je ne l'aime pas, répondit-elle, visiblement mal à l'aise. Je ne l'approuve pas toujours, voilà tout.

— Ça, je l'ai remarqué. Mais il y a autre chose, n'est-ce pas?

— Eh bien, elle est... elle a toujours été... difficile. Elle attend trop des autres, et dès qu'elle est là, on ne se sent plus à la hauteur.

L'air pensif, elle s'appuya au comptoir.

— Petite, elle me suivait partout, reprit-elle. Elle me prenait par la main, par le cou, elle voulait que je l'aime, mais je n'avais pas l'habitude des enfants. Elle faisait pareil avec son père, réclamant son attention, et exigeant qu'il l'aime plus que quiconque. Elle était... terriblement gênante.

Tyler hocha la tête, le cœur serré en imaginant cette petite fille assoiffée d'amour. Pas étonnant qu'elle ait choisi d'attirer l'attention par tous les moyens!

— Vous n'avez plus besoin de moi? fit Virginia.

— Non, vous pouvez rentrer chez vous. Merci, Virginia. Le dîner était excellent, comme d'habitude.

Virginia partie, les pensées de Tyler revinrent à Samantha. Lui, au moins, avait connu sa mère jusqu'à l'âge de quatorze ans. Tandis que Samantha avait perdu la sienne à six ans, avant d'être élevée par un homme froid et une gouvernante tout aussi incapable de répondre à son besoin d'être aimée. Et regardant sa montre, Tyler se demanda ce qu'elle pouvait bien faire en ce moment. La bibliothèque fermerait dans une heure. Elle ne pouvait pas y avoir travaillé aussi longtemps...

Il téléphona, et la bibliothécaire lui confirma que Samantha était partie avec sa sœur. Tyler se détendit. Si elle était avec Melissa, tout allait bien. Et se rendant compte qu'il se faisait du souci pour elle comme un mari jaloux, il sortit de la cuisine, monta dans sa chambre, et se coucha.

Mais en dépit de ses efforts, il ne put trouver le sommeil. Il pensa d'abord à Dominic, arrêté et accusé sans la moindre enquête. Tyler avait le sentiment que le jeune policier était un pion dans un jeu dont il ignorait tout. Et il savait que lui et Samantha n'avaient pas tous les éléments en main. Quelque chose d'essentiel leur échappait. Mais quoi ?

Quant à Samantha... Il songea à elle, le soir où il l'avait tenue entre ses bras. Pourquoi avait-elle choisi de faire l'amour pour la première fois avec lui ? Pour l'empêcher de dormir, sûrement ! Pour lui embrouiller les idées, définitivement. D'autant que lui aussi avait eu l'impression de faire l'amour pour la première fois. Une expérience totalement nouvelle, songea-t-il en se retournant dans son lit. Pourquoi était-il obsédé par Samantha, alors qu'il aurait dû penser à Sarah ? Voilà l'épouse qu'il lui fallait, celle qui serait une mère parfaite. Une femme qui ne serait jamais en retard pour dîner, qui ne le plongerait jamais dans des abîmes de passion, d'angoisse, de confusion. Bon Dieu !

Il alluma la lampe de chevet, et s'assit. Il ne pourrait pas dormir tant que Samantha ne serait pas rentrée. Mieux valait s'y faire... Il s'apprêtait à lire le journal, quand le téléphone sonna. Il décrocha immédiatement tout en jetant un coup d'œil au réveil. 1 heure du matin.

— Samantha ?

— Tyler. Oui, c'est moi.

— Où es-tu ?

— Justement, je t'appelle pour savoir si ça ne t'ennuierait pas trop de venir me chercher.

— Où es-tu ? répéta-t-il.

— Tout va bien maintenant, et le médecin assure que ma jambe va guérir sans problème.

— Ta jambe ?

— Elle est cassée. Mais le chauffeur de taxi était plus inquiet pour ma tête.

— Ta tête? Mais enfin, où es-tu?

— A l'hôpital.

— J'arrive.

Il raccrocha, et s'habilla en jurant entre ses dents. Qu'était-il arrivé, bon sang?

Quelques minutes plus tard, il entrait au service des urgences de l'hôpital de Wilford, où on lui précisait que Samantha se trouvait dans la chambre 212.

Il entendit sa voix en atteignant le palier du deuxième étage.

— Il n'en est pas question, docteur. Je ne passerai pas la nuit ici.

Une infirmière sortit de la chambre 212, et sourit à Tyler en passant devant lui. Se promettant de rester calme, il entra dans la pièce. Samantha était assise au bord du lit, vêtue d'une robe de chambre de l'hôpital, la jambe gauche recouverte d'un plâtre jusqu'au genou.

Dès qu'elle vit Tyler, elle lui fit un large sourire bizarrement euphorique.

— Ah! on vient me chercher. Dis-leur, Tyler. Dis-leur que je ne peux pas rester ici cette nuit. Je dois être au tribunal demain matin très tôt.

Tyler regarda le Dr Bumgarten — le médecin de la famille Dark depuis toujours.

— Le tribunal accordera certainement un renvoi dans de telles circonstances, dit Bumgarten à Tyler.

— Quelles sont ces circonstances? s'enquit Tyler.

— Rien de grave, intervint gaiement Samantha.

Elle se leva et vacilla légèrement. Le médecin la prit par le bras pour l'aider à garder l'équilibre, et elle lui fit un sourire reconnaissant.

— J'ai été agressée, dit-elle simplement en se tournant vers Tyler.

— Comment?

Les agressions étaient pourtant rares dans les rues de Wilford!

— Rien de grave, je t'assure.

Elle clopina à travers la chambre, prit une pile de vêtements, et se dirigea vers la salle de bains.

— Et je te préviens : je refuse de demander un ajournement ou de passer la nuit ici ! Nous rentrons à la maison, dit-elle à Tyler avant de disparaître dans la salle de bains et de fermer la porte derrière elle.

Le Dr Bumgarten soupira, et passa la main dans ses cheveux blancs.

— Elle est aussi têtue que Jamison, dit-il en s'asseyant sur la chaise, près du lit.

— Racontez-moi ce qui s'est passé, demanda Tyler. Samantha a été agressée ?

— Non, ce n'était pas une agression. On ne lui a pas volé son sac, et je n'ai jamais vu un agresseur pousser sa victime par-derrière et la frapper assez violemment pour lui casser la jambe !

Tyler le fixa un moment, craignant de comprendre.

— Est-ce qu'elle l'a vu ?

— Elle se souvient seulement qu'on l'a poussée. Il semble qu'elle soit tombée sur le trottoir où on l'a frappée à la jambe et à la nuque. Elle a perdu connaissance.

— Où est-ce arrivé ?

— Devant le restaurant mexicain, pas très loin de la bibliothèque. Elle a appelé un taxi, et elle l'attendait devant la porte. Le chauffeur a fait fuir l'agresseur, puis l'a emmenée ici.

Tyler frissonna. Le médecin avait raison. Cela ressemblait plutôt à une tentative de meurtre.

— Quel est le pronostic ? demanda-t-il.

— Il n'est pas bon pour celui qui lui a fait ça. Mais elle s'en tire bien. On l'a frappée sur le côté de la tête. Pour sa jambe, je lui ai donné un analgésique très puissant. C'est ce qui la rend euphorique.

A cet instant, Samantha sortit de la salle de bains.

— Merci pour votre aide, docteur, dit-elle.

Aucun des deux hommes ne lui fit remarquer qu'elle avait mal boutonné sa blouse, et que sa jupe était toute de travers.

— Viens, Tyler, on rentre à la maison.

Et sans l'attendre, elle sortit de la chambre en boitant.

— Je veux la revoir dans une semaine, prévint le docteur. Quand l'analgésique ne fera plus d'effet, elle va probablement beaucoup souffrir.

Tyler remercia le médecin, et suivit Samantha.

— Merci d'être venu me chercher, dit-elle quand il la rattrapa. Il arrive qu'attendre un taxi ne soit pas bon pour la santé.

Tyler ne répondit pas. Et un instant plus tard, il l'aidait à monter en voiture. Sur le siège, elle appuya la tête contre le dossier, et ferma les yeux. Elle ne les rouvrit que lorsqu'il s'arrêta devant le manoir.

— Tu es furieux, n'est-ce pas ? dit-elle. Ça m'ennuyait vraiment de te réveiller, mais à part toi, je ne savais pas qui appeler...

— Tu crois que je suis furieux parce que tu m'as réveillé ? dit-il en la regardant avec incrédulité. Allons, viens. Entrons.

Il l'aida à descendre de voiture et à marcher jusqu'à la porte. A l'intérieur, ils se dirigèrent tant bien que mal vers le salon, puis Samantha se laissa tomber dans un fauteuil.

L'air pensif, Tyler entreprit d'allumer le feu.

— Tu sais, Samantha, dit-il en se retournant vers elle, le visage souriant, je ne suis pas furieux parce que tu m'as réveillé.

— Tant mieux, dit-elle en lui rendant son sourire. Je me sens tellement bien... Je crois que c'est à cause des pilules que m'a données le médecin.

— Nous devons parler de ce qui est arrivé. Ce n'est certainement pas une simple agression.

— Je sais. J'ai un indice important. En fait, je crois que ça n'a rien à voir avec l'affaire Marcola.

— Ah ! non ?

Elle sortit un objet de sa poche, et le lui tendit. Une petite pince de cravate en argent en forme de pièce de monnaie, avec deux initiales gravées dessus : R. B.

— Je l'ai ramassée près de moi quand j'ai repris connaissance, dit-elle. Tu vois ? R. B. C'est Rick Brennon.

L'homme qu'il avait terrassé en sortant de La Cuisine du Diable...

— Brennon a peut-être voulu t'atteindre de cette façon. Quel idiot, non ? fit-elle avec un sourire espiègle.

— Il n'y a pas de quoi plaisanter, Samantha. Tu as prévenu la police ?

— Oui. Le shérif Caldwell est venu à l'hôpital. Je lui ai dit qu'à mon avis, Brennon pouvait être dans le coup, mais je ne lui ai pas parlé de cette pince de cravate.

Tyler regarda la pince dans sa main.

— Je me doutais que ce Brennon n'était pas un aigle, mais ceci paraît trop stupide, même pour lui... Laisser tomber sa carte de visite sur le lieu du crime...

Il fronça les sourcils. Quelque chose n'allait pas dans cette histoire. Brennon avait certes le coup de poing facile, mais il n'était sûrement pas du genre à attaquer une femme sans défense pour se venger d'avoir eu le dessous dans une bagarre.

— Personnellement, je préfère penser qu'on m'a attaquée pour m'empêcher de plaider au procès Marcola, dit-elle d'une voix soudain ensommeillée. Parce que ça signifierait que quelqu'un a peur de mon habileté d'avocate... Qu'il y a des gens qui pensent que je vais réussir à prouver l'innocence de Dominic, et que l'affaire va rebondir. Voilà ce que je préfère penser !

— Viens, dit-il, il faut que tu dormes maintenant.

Il l'aida à se lever, et quand ils atteignirent le bas de l'escalier, elle s'arrêta et soupira en regardant le haut des marches.

Sans hésiter, Tyler la prit dans ses bras, et elle posa la tête sur son épaule.

— Merci, murmura-t-elle. Je veux que tu sois le premier à signer sur mon plâtre.

Son souffle chaud lui caressait le cou, et il ne répondit pas. Une fois dans la chambre, il repoussa les couvertures d'une main et l'allongea sur le lit.

— Reste avec moi, chuchota-t-elle. Oh! Tyler, j'ai eu tellement peur... J'ai cru que j'allais mourir.

— Tu es en sécurité maintenant.

Il l'obligea gentiment à lui lâcher le cou, puis lui enleva ses chaussures. La vision du plâtre le hérissa. Il imagina Rick Brennon en train de la frapper — avec une batte de base-ball? une barre de fer? —, assez fort pour lui casser les os et une rage aveugle s'empara de lui. Si le shérif n'arrêtait pas Brennon, si la police ne faisait pas son travail, alors, il le ferait lui-même!

Oui, il y mettrait le temps qu'il faudrait, mais un jour ou l'autre, celui qui avait fait du mal à Samantha devrait payer.

— Tyler? dit-elle, presque endormie.

— Oui?

Il la borda soigneusement.

— Je suis heureuse que tu m'aies fait l'amour. Je... je n'aurais pas voulu mourir sans avoir connu ça.

Elle soupira, et l'instant d'après, elle sombrait dans un sommeil profond.

Tyler la contempla longtemps. Ses cheveux blonds éparpillés sur l'oreiller, les minuscules veines sur ses paupières... Il l'aimait. Désespérément. Il l'aimait comme il n'avait jamais aimé personne. Et le reconnaître l'épouvantait.

Il sortit de la chambre, et s'adossa au mur du couloir, déchiré entre l'amour et la peur. Aimer Samantha l'effrayait plus que tout. Des années plus tôt, il s'était juré de ne plus laisser le destin lui ravager le cœur. Oui, il s'était promis de ne jamais aimer une femme qui prenait des risques, qui vivait pleinement, passionnément. Une femme comme sa mère, qui en était morte — le laissant seul sur terre.

Tôt ou tard, il faudrait qu'il prenne une décision. Ou il apprendrait à détester Samantha, ou bien il lui vendrait sa part de Justice Inc.

Et il la quitterait, elle et cette ville.

— Alors, ce n'est pas Rick Brennon qui m'a attaquée ?

Samantha regarda le gros homme chauve assis devant elle.

— Je l'aurais pourtant juré...

Wylie Brooks haussa les épaules.

— Il faudrait pour ça qu'il ait le don d'ubiquité. Comme vous le voyez dans mon rapport, au moment de l'attaque, il assistait au mariage de sa nièce. Plus de trente personnes peuvent en témoigner.

Samantha posa le rapport, et feuilleta les autres pages apportées par Wylie.

— Quelque chose d'intéressant dans le passé d'Abigail ?

— Rien. Avant d'épouser Morgan Monroe, elle vivait seule, fréquentait votre client et travaillait comme serveuse au country club. Pas de scandales, pas le moindre squelette, aucun suspect, rien à signaler.

Samantha soupira.

— Merci, Wylie. Je vais lire tout cela attentivement, et si j'ai besoin d'autre chose, je vous appelle.

Quand Wylie eut quitté le bureau, elle s'adossa à son fauteuil, et soupira de nouveau. Le lendemain de l'attaque, elle s'était présentée au tribunal, et en dépit de ses protestations, le juge Halloran avait décidé d'ajourner le procès d'une semaine afin qu'elle se remette de ses émotions. De retour à la maison, elle avait passé deux jours au lit, le corps douloureux et l'esprit brumeux. Finalement, le juge avait eu raison...

Et depuis ce matin, elle s'était remise au travail. Avec deux buts maintenant : tirer Dominic de là, et trouver qui avait tenté de la tuer.

Samantha commença à lire les rapports de Wylie — sur Abigail, Kyle, Georgia Monroe et Rick Brennon —, cherchant le moindre détail qu'elle pourrait utiliser pour la défense de Dominic. Elle nota ainsi que le policier Marcola avait plusieurs fois arrêté Brennon. Délinquant depuis l'adolescence, ce dernier avait donc des raisons d'en vouloir à Dominic... Et dans ce cas, il pouvait très bien l'avoir attaquée elle-même pour l'écarter. Si elle laissait tomber cette affaire, un avocat commis d'office la remplacerait, et Dominic n'aurait quasiment plus aucune chance d'être acquitté.

Mais Brennon ne l'avait pas attaquée. Wylie en apportait la preuve. Pourquoi alors avait-on voulu faire croire qu'il l'avait fait ? Pour la lancer sur une fausse piste ?

Samantha recula le fauteuil, et posa sa jambe plâtrée sur le bureau. Puis, glissant un stylo sous le plâtre, elle essaya de se gratter le mollet.

— Voilà qui ne figure pas sur l'ordonnance du Dr Bumgarten.

Elle leva les yeux. Tyler se tenait sur le seuil. Rougissante comme une élève indisciplinée, elle retira le stylo de sous le plâtre et posa sa jambe sur le sol.

— Ça me démange, plaida-t-elle.

— Il y a des démangeaisons qu'il vaut mieux ne pas gratter...

Samantha sourit.

— Et moi, je crois au contraire qu'il faut se gratter là où ça vous démange !

Mais elle cessa de sourire en voyant qu'il restait impassible. Depuis la nuit de l'attaque, Tyler se montrait froid et distant, même s'il avait insisté pour la transporter partout où elle irait, et pour qu'elle ne se déplace plus jamais seule. Pourquoi se sentait-elle aussi affectée par sa froideur ?

— Je te ramène à la maison ? s'enquit-il.

Elle hocha la tête.

— Je prends du travail, et j'arrive.

— Je t'attends devant la porte.

Quand elle eut glissé les rapports de Wylie et l'épais dossier de l'affaire dans son attaché-case, elle le rejoignit devant le bureau d'Edie.

— Allons-y, dit-elle. Bonsoir, Edie. Ne travaille pas trop tard !

— Je ne sais pas ce que je deviendrais sans mon travail, ces jours-ci, répliqua Edie en riant.

Ils sortirent dans la fraîcheur du soir.

— J'ai vu Wylie il y a un moment, fit Tyler.

— Oui, il est venu m'apporter ses rapports.

— Du nouveau ?

— Pas vraiment, sinon que je sais maintenant que ce n'est pas Brennon qui m'a fait ça. Au moment de l'attaque, il assistait à un mariage à l'autre bout de la ville. Quant aux autres rapports, je ne les ai pas encore lus, mais Wylie affirme qu'il n'a rien trouvé d'extra-ordinaire.

Ils se turent pendant tout le trajet jusqu'au manoir.

— Tu m'en veux, Tyler ? demanda-t-elle alors.

— Aurais-tu fait quelque chose pour ça ?

— Pas que je sache, mais je ne sais jamais si je t'énerve ou si je te mets en colère.

Il coupa le moteur, et se tourna vers elle. Et dans ses yeux, elle vit de l'agacement, de la colère et aussi... du désir. Elle se penchait vers lui pour poser les lèvres sur les siennes, quand il recula brusquement pour descendre de voiture.

— J'espère que Virginia nous a préparé quelque chose de bon, je meurs de faim, dit-il en l'aidant à mettre pied à terre.

— Moi aussi.

Et elle songea que c'était de lui qu'elle avait faim. Et qu'elle pouvait très bien faire l'amour sans être amoureuse.

Un peu plus tard, tandis qu'ils dînaient dans la cuisine, elle se rendit compte qu'elle aimait s'asseoir avec lui à cette table tous les soirs, et bavarder comme s'ils étaient mariés. Quand cela était-il arrivé? Comment l'homme dont elle ne voulait ni dans son cabinet, ni dans sa vie, était-il devenu partie intégrante de son existence?

Une relation avec Tyler ne la mènerait nulle part. C'était absurde de penser qu'une liaison durable avec lui était possible! Alors, pourquoi était-elle certaine qu'avant la fin de la nuit, elle serait dans ses bras?

Comment savait-elle avec certitude qu'ils allaient faire l'amour, ce soir même?

11.

Ce soir, au dîner, Samantha était étrangement silencieuse. Et Tyler se demandait non sans inquiétude ce qui pouvait bien se passer dans sa jolie tête.

— Tu es très calme, dit-il finalement.

— Je réfléchis.

— Tu ne veux pas en parler?

— Oh! c'est sans importance.

Elle le regarda d'un air pensif, et reprit :

— As-tu déjà imaginé l'endroit où tu serais en ce moment si tu n'avais pas rencontré mon père?

— Je serais... en prison.

— Je me demande où je serais moi-même si je n'avais pas quitté Wilford.

Il sourit.

— Probablement dans la cellule voisine de la mienne.

Samantha eut un rire léger.

— Tu as sûrement raison, dit-elle. Tu sais, je n'étais pas aussi mauvaise que ça!

— Oui, je sais.

— Mais j'ai eu parfois des pensées qui te feraient rougir si tu les connaissais.

Encore une fois, elle le provoqua de son rire gai, et il eut un besoin désespéré de s'éloigner d'elle. Il se leva, et porta son assiette dans l'évier.

— Tu es parfois incroyablement prévisible, Tyler.

127

— Tu dis ça comme si c'était un défaut, fit-il remarquer en rinçant l'assiette et en la mettant dans le lave-vaisselle.

— Au contraire, je trouve ça admirable.

Elle se leva à son tour, et s'approcha de lui. Comment pouvait-elle être aussi sexy avec cette jambe dans le plâtre ? se demanda-t-il tandis qu'elle s'arrêtait devant lui.

— Par exemple, reprit-elle, je sais que si je fais ça — elle l'enlaça et se serra contre lui —, je vais sentir ton cœur battre très vite contre le mien.

Il essaya de ne pas réagir, mais ce fut impossible.

— Que fais-tu, Samantha ?

— Je te montre comme tu es prévisible.

Elle posa les lèvres sur sa gorge.

— Et quand je t'embrasse là, tu me serres plus fort contre toi.

Malgré lui, il l'attira plus près de lui. Ah ! elle le trouvait prévisible ? Soudain, il la souleva dans ses bras.

— Qu'est-ce que tu fais ? demanda-t-elle tandis qu'il se dirigeait vers l'escalier.

— Je te montre comme je peux être imprévisible.

Il la porta jusqu'à sa chambre, avec l'envie de lui faire l'amour dans son propre lit, dans la pièce où il avait si souvent rêvé d'elle au cours de ses nuits solitaires.

La première fois qu'ils avaient fait l'amour, il avait été lent, prudent. Cette fois, il l'embrassa tout de suite avec violence. Ils s'embrasèrent ensemble, se déshabillant l'un l'autre sans cesser de s'embrasser, perdant tout contrôle d'eux-mêmes.

Lui faire l'amour une deuxième fois était une erreur, il le savait, une folie qui ne pouvait mener nulle part. Mais il la désirait trop. Plus tard, il reprendrait ses distances, il apprendrait à nier son désir d'elle. Pour l'instant, rien n'aurait pu l'empêcher de l'aimer...

Comme deux affamés, ils se dévorèrent de baisers avides, se couvrant de caresses fébriles jusqu'à ce qu'enfin il la pénètre de toute sa force et de toute sa puissance virile, pour se perdre dans sa douce chaleur.

Ils restèrent longtemps dans les bras l'un de l'autre, mêlant leurs souffles tandis que leurs cœurs recouvraient peu à peu un rythme normal.

Tyler eut envie de parler de ce désir qui venait de les consumer, mais il ne sut pas très bien comment s'exprimer. Il ne pouvait s'éloigner d'elle tant que le procès Marcola n'était pas terminé. Il avait promis de l'aider à défendre Dominic. Et il ne pouvait se promettre à lui-même de ne pas lui faire l'amour encore et encore si l'occasion lui en était offerte...

— Samantha ?

Il dégagea son bras, et s'assit dans le lit. Pas de réponse. Il alluma alors la lampe de chevet, et vit qu'elle dormait aussi paisiblement qu'un bébé. Toujours immobile, pour ne pas la réveiller, il la contempla un long moment.

C'était la femme qu'il aimait. Et son amour pour elle l'emplissait de joie et de désespoir mêlés...

A cet instant, l'image de sa mère lui vint à l'esprit. Elle riait — et il se souvint qu'elle riait presque tout le temps. C'était lui qui pensait à payer les factures d'électricité, qui faisait les courses et préparait les repas. Il attendait son retour pendant des heures.

Et le seul soir où il avait décidé de ne pas rentrer, elle était morte.

Impossible de supporter cette douleur, cette rage une autre fois dans sa vie... En aimant Samantha, il devrait affronter de nouveau ces sentiments, c'était certain ! Elle était trop impétueuse, trop pleine de vie pour ne pas provoquer le destin.

Incapable de rester plus longtemps auprès d'elle, il se leva sans bruit, enfila son pantalon et sortit.

Au salon, il alluma du feu, se servit un verre de cognac, et s'assit. Comment avait-il pu envisager de demander Sarah en mariage ? s'interrogea-t-il en fermant les yeux. Il comprenait maintenant que l'idée de l'épouser lui avait plu parce qu'il ne l'aimait pas. Certes, elle aurait fait une bonne épouse et avec elle, il ne se serait jamais senti vulnérable. Mais il ne pouvait pas s'engager envers elle dès lors que son cœur était pris par une autre.

— Quelle heure est-il ?

La voix de Samantha interrompit ses pensées. Il se retourna, et il la vit debout sur le seuil. Vêtue de son peignoir bleu marine, les cheveux emmêlés et les lèvres encore meurtries par ses baisers, elle était si belle et attirante qu'il en eut un coup au cœur.

— Pas très tard. Un peu plus de 8 heures.

Elle s'approcha de la fenêtre, et jeta un coup d'œil dehors.

— La nuit tombe tôt maintenant, dit-elle.

Et se tournant vers lui, elle ajouta :

— Ça t'ennuie si je travaille un moment ici ?

— Pas du tout.

Bien sûr, ça le dérangeait. Tout en elle, d'ailleurs, le dérangeait. Il but le cognac, et la regarda revenir avec son attaché-case, l'ouvrir et en sortir une pile de papiers. Puis, elle s'assit dans le fauteuil en face de lui, et se mit à lire.

Il l'observa, se demandant s'il serait un jour fatigué de la regarder. Non, sûrement pas. Son visage changeait sans cesse, tout en restant toujours aussi beau. Sa beauté physique le bouleversait, et il admirait son intelligence, il aimait la fragilité qu'elle tentait de cacher derrière ses airs bravaches et il était touché par son extrême loyauté.

A plusieurs reprises, elle lui avait parlé de ses escapades d'enfant au cimetière, où Jeb Marcola la consolait et essuyait ses larmes. Tyler savait que c'était la loyauté, le besoin de payer une vieille dette qui la poussaient à aider le fils de Jeb.

Il but une gorgée de cognac en contemplant le feu. Il avait promis à Samantha de l'aider pendant le procès, et il tiendrait sa promesse. Mais jamais il ne pourrait rester ici en l'aimant.

— Melissa t'a dit qu'elle était enceinte? demanda-t-elle.

— Non. Elle m'a appelé pour que j'arrête la procédure de divorce.

Elle avait posé les papiers sur le tapis, à ses pieds, et elle fixait les flammes.

— Tu as déjà pensé avoir des enfants? demanda-t-elle.

— Non.

Il mentait. Il lui arrivait parfois de désirer ardemment une famille. Un rêve qui ne se réaliserait jamais.

— Il y a longtemps que je pense qu'avec mon passé, j'ai toutes les chances de ne pas avoir l'étoffe d'un père.

— Que veux-tu dire? demanda-t-elle en le regardant de ses yeux rêveurs.

— J'aimais ma mère. Je n'avais qu'elle au monde. Pourtant, à sa mort, je ne l'ai pas idéalisée... Elle n'était pas ce qu'on appelle une bonne mère. Oh! elle n'était pas abusive ou possessive, non, mais plutôt étourdie, impulsive. Quand elle se souvenait de moi, elle était merveilleuse. L'ennui, c'est qu'elle m'oubliait souvent.

— Cela ne signifie pas que tu ferais les mêmes erreurs, fit-elle remarquer en se tournant de nouveau vers le feu. Si j'avais des enfants, je ne serais pas comme mon père. Je les rassurerais, leur ferais savoir à tout instant qu'ils sont intelligents, magnifiques et aimés. Ma mère était comme ça.

— Tu as de bons souvenirs d'elle?

Elle hocha la tête, les yeux brillants.

— Ma mère remplissait la maison de rires. Elle riait ou elle chantait tout le temps. Un jour, mon père a dit qu'auprès d'elle, tout le monde se sentait unique.

— Il a dû l'aimer énormément.

— Oui, je suppose, dit-elle après un silence.

— Lui aussi, il a aimé et perdu l'être cher.

Samantha leva les yeux vers lui.

— C'est pour ça que tu ne t'es jamais marié? Parce que tu as peur de perdre celle que tu aimes?

Elle rompit par un rire le silence gêné.

— Nous sommes pareils, non? Nous prétendons ne pas avoir de cœur, alors qu'en réalité, nos cœurs sont trop blessés pour que nous soyons capables de confiance.

— Je n'ai peur de rien, assura-t-il. Je ne suis pas marié parce que je n'ai pas rencontré une femme avec qui vivre longtemps. Et toi?

— Je ne suis pas mariée parce que je n'ai pas rencontré un homme avec qui vivre longtemps. Et puis, j'ai décidé que je n'aurais pas d'homme dans ma vie, mais j'aimerais avoir des enfants un jour.

— Tu es capable de bien des choses, Samantha, mais je ne crois pas que tu réussiras à avoir des enfants sans un homme.

— J'ai besoin d'un homme pour les concevoir, mais pour rien d'autre.

Tyler la regarda, horrifié. Etait-ce pour cela qu'elle avait couché avec lui?

— Non, dit-elle doucement, comme si elle savait ce qui venait de lui traverser l'esprit. Nous ferions sans doute de beaux enfants ensemble, mais ne t'inquiète pas. Je prends la pilule.

— Alors, pourquoi as-tu fait l'amour avec moi? demanda-t-il sans réfléchir.

— Parce que j'en avais envie, répondit-elle en fixant de nouveau les flammes. Parce que même si tu es l'homme le plus irritant que je connaisse, tu m'as toujours attirée. Parce que quand mes amies du lycée fantasmaient sur le footballeur le plus célèbre ou la dernière star du rock, je rêvais de toi. Et que ça ne te monte pas à la tête.

Elle se leva.

— Je vais me coucher. A demain.

Et sans attendre qu'il réponde, elle sortit du salon.

Tyler ferma les yeux, essayant d'imaginer Samantha dans le rôle d'une mère. Oui, elle serait à coup sûr une bonne mère. Et elle remplirait la maison de rires et d'amour...

Son père lui avait brisé le cœur, et elle ne se comporterait jamais ainsi avec ses enfants.

Il songea alors que, si elle commettait l'erreur de tomber amoureuse de lui, il ne serait qu'un homme de plus qui la trahirait, qui lui briserait le cœur.

Samantha se tenait sur le balcon de la chambre de sa mère. La brise qui soulevait ses cheveux la faisait frissonner, mais l'air froid de la nuit l'aidait à éclaircir les pensées qui tourbillonnaient dans sa tête.

« Ton père a dû l'aimer énormément », avait dit Tyler. Elle se souvint d'un déjeuner en famille. Sa mère bavardait, décrivant en détail une réunion de femmes à Jamison. Et soudain, Samantha revoyait clairement le visage de son père à ce moment, son expression d'amour, presque de dévotion. Ce souvenir en appelant d'autres, elle se rappela avoir entendu les rires de ses parents dans leur chambre, elle revit les regards qu'ils échangeaient, la manière dont ils se touchaient souvent.

Il l'avait aimée. D'un amour absolu, désespéré. Et tant que sa femme avait été vivante, Jamison avait aimé ses filles.

Les larmes brûlèrent les yeux de Samantha. Elle revit son père qui la soulevait dans ses bras, qui l'embrassait sur le front le soir, avant qu'elle s'endorme. Elle se revit sur ses épaules quand ils étaient allés au cirque. Oui, il avait aimé ses filles quand sa femme était en vie. Que s'était-il passé ? Comment avait-il pu autant changer ?

Avait-il tant aimé sa femme qu'en partant, celle-ci avait emporté avec elle le meilleur de lui-même ? Le chagrin de Jamison avait-il été si intense, si profond qu'il n'avait peut-être pu se montrer à la hauteur des deux petites filles abandonnées comme lui... Elle-même et Melissa lui rappelaient-elles chaque jour l'être perdu, à tel point que les aimer avait été trop difficile à supporter ?

Etait-ce aussi ce qui était arrivé à Tyler ? La mort de sa mère l'avait-elle privé du meilleur de lui-même, de sa capacité d'aimer ?

Elle essuya les larmes qui roulaient sur ses joues, et revint dans la chambre, où elle ferma la porte-fenêtre et tira les rideaux. Si seulement elle avait pu fermer son cœur aussi facilement...

Parce que son père la rejetait, elle avait cru que personne ne pouvait l'aimer. Mais elle comprenait maintenant que la manière dont son père la traitait n'avait rien à voir avec elle. Et soudain, en un éclair d'évidence, elle comprit qu'elle aimait Tyler. Peut-être depuis des années. Jusqu'ici, elle avait redouté d'aimer de peur de souffrir.

Mais ce soir, l'amour resplendissait en elle, l'amour lui réchauffait le cœur.

Elle aimait. Et elle pouvait être aimée.

Maintenant, il ne lui restait plus qu'à en convaincre Tyler.

12.

Le lendemain, Samantha travaillait dans son bureau quand Edie frappa à la porte. Elle apportait un sandwich et une cannette de Coca-Cola.

— Il est plus de 13 heures, et tu n'as pas déjeuné, déclara-t-elle. Voici un sandwich au fromage et un soda.

Elle posa le tout sur le bureau.

— Merci, Edie, dit Samantha. C'est vraiment gentil. Assieds-toi, reste avec moi une minute.

— Ce n'est pas moi qui ai pensé à ton déjeuner, expliqua Edie en s'asseyant dans le fauteuil devant le bureau. Tyler est descendu il y a un moment, et il m'a dit de commander quelque chose pour toi.

— Et lui, a-t-il mangé?

— Il déjeune avec un client.

Samantha regarda la femme qui avait si longtemps fait partie de sa vie.

— Pourquoi ne t'es-tu pas mariée, Edie?

— Cela ne s'est pas fait, voilà tout.

— Tu as été amoureuse?

Jamais Samantha ne l'avait entendue parler d'un rendez-vous ou d'une relation sentimentale avec un homme. C'était curieux, car Edie ne manquait pas de charme ni de cœur.

— Oui, avoua-t-elle, j'ai aimé un homme..., mais il n'était pas libre.

Elle baissa les yeux, l'air embarrassé.

— Il était marié? s'enquit Samantha d'une voix douce.

— Je... je n'ai pas compris la profondeur de son engagement, répliqua Edie en se levant. Bon, il est temps que je revienne à mon bureau.

Et sortant de la pièce, elle referma la porte derrière elle.

« Quel gâchis, songea Samantha. Edie aurait fait une épouse merveilleuse. » Elle avait entouré et aimé Samantha et Melissa comme une mère. Oui, quel dommage qu'elle ait aimé un homme marié, et qu'elle n'ait pu fonder une famille !

Samantha mangea le sandwich et se remit à travailler au procès Marcola, jusqu'à ce qu'à 16 heures, Edie vînt l'avertir que Wylie Brooks était là, avec de nouveaux rapports.

Wylie entra, et Samantha se leva pour l'accueillir.

— Je crois que ceux-ci vous intéresseront davantage que les derniers, dit-il en lui tendant une liasse de feuillets.

Samantha les prit et se rassit.

— Installez-vous, Wylie, et racontez-moi ce que vous avez découvert.

— Je ne peux pas rester, répondit-il. Je dois prendre un avion. Je vais pêcher au Mexique.

— Maintenant? Et que vais-je faire si j'ai besoin de vous ?

— Je vous ai promis, à vous et à Tyler, de faire de mon mieux pour vous aider, mais j'ai prévu ce voyage depuis six mois. De plus, poursuivit-il en désignant de la main les feuillets, j'ai fait tout ce que je pouvais. Vous trouverez là tout ce que j'ai pu apprendre sur Georgia et Kyle Monroe. Vous avez déjà mes rapports sur Rick Brennon et Morgan Monroe. Vous ne m'avez rien demandé de plus.

— C'est vrai, reconnut-elle.

Elle se leva et lui serra la main.

— Merci de votre aide, Wylie. Bon voyage, et bonne pêche.

Dès qu'il fut sorti, elle se mit à lire les rapports. Très vite, elle trouva les faits qui, selon Wylie, devaient l'intéresser.

— Tyler est revenu? demanda-t-elle à Edie en sortant du bureau.

— Non. Pas encore.

— Il a précisé où il déjeunait?

— Il a parlé du country club.

— Tu veux bien m'appeler un taxi?

Un moment plus tard, assise dans le taxi, Samantha relisait le rapport concernant Georgia Monroe. Etait-ce une bonne piste, ou faisait-elle une montagne de pas grand-chose? Quoi qu'il en soit, elle devait absolument parler de tout ça à Tyler.

Le taxi s'arrêta devant le country club.

— Attendez-moi, dit-elle au chauffeur, dans le cas où mon ami serait déjà parti. Je reviens dans quelques minutes.

En entrant dans la luxueuse salle, elle repéra tout de suite Tyler, assis à une table avec un homme élégant d'une cinquantaine d'années. Il la vit aussi, et vint aussitôt vers elle, les sourcils froncés.

— Que se passe-t-il, Samantha?

— Wylie est venu me remettre les derniers rapports. Il a trouvé quelque chose d'intéressant...

— Cela ne peut-il attendre? demanda-t-il, visiblement irrité.

— Excuse-moi. Je te dérange.

Et tournant les talons, elle s'éloigna.

— Attends!

Mais déjà, elle quittait le restaurant.

Il ne fit rien pour la retenir. Samantha ne devait pas savoir que l'homme avec qui il déjeunait était le directeur d'un important cabinet d'avocats de Saint-Louis.

De retour à table, Tyler songea qu'il s'excuserait plus tard auprès de Samantha. Et dès qu'il serait engagé par ce cabinet de Saint-Louis, il vendrait sa part de Justice Inc. à la fille de Jamison, et il quitterait Wilford.

Et la vie de Samantha Dark.

Samantha rentra au manoir, en essayant de refouler le sentiment d'irritation qui l'emplissait devant l'attitude de Tyler. Bien sûr, elle ne lui en voulait pas — elle lui parlerait plus tard, voilà tout. Comme d'habitude, elle avait cédé à une impulsion...

A la maison, elle prit un bain, interrompu par un appel de Tyler depuis l'aéroport, où il raccompagnait son client. Il s'excusa de s'être montré un peu brusque au restaurant, et Samantha lui demanda seulement de lui rapporter son attaché-case du bureau.

— Entendu, dit-il. Je fais quelques courses, et j'arrive.

Elle raccrocha en songeant que ce soir ils feraient l'amour, et qu'elle lui dirait qu'elle l'aimait. Et comme c'était le jour de congé de Virginia, elle décida de préparer elle-même le dîner. Mais d'abord, elle devait passer un coup de fil.

Elle descendit dans la cuisine en peignoir, et là, elle appela Georgia Monroe.

— Ici, Samantha Dark, dit-elle lorsque celle-ci répondit. Je suis désolée de vous déranger, mais j'ai omis de noter quelques détails quand je suis venue vous voir, et j'aimerais les vérifier avec vous. Cela ne vous ennuie pas que nous le fassions au téléphone ?

— Pas du tout. Je ne souhaite que vous aider.

— Vous avez vu Abigail avant sa mort, n'est-ce pas ? Mais quel jour exactement ?

— Attendez... Elle a été tuée mercredi, et je crois bien que j'ai déjeuné avec elle deux jours avant, c'est-à-dire le lundi.

138

— Autre chose. Quand est né Kyle?

— Je ne pense pas que la date de naissance de Kyle ait quelque chose à voir avec la mort d'Abigail, répliqua Georgia d'une voix nettement moins amicale.

— Moi non plus. Mais je voudrais savoir comment il se fait que vous ayez subi une hystérectomie à trente-cinq ans avant de mettre Kyle au monde à quarante-deux ans.

Il y eut un silence.

— Vous êtes bien renseignée, mademoiselle Dark, dit enfin Georgia. Kyle a été adopté, et je préférerais que vous gardiez cela pour vous. Nous avons décidé de ne pas le lui dire.

— Mais j'ai une copie de son acte de naissance où il est mentionné que vous êtes la mère et que Morgan est le père.

— L'argent fait des miracles, répondit Georgia après un nouveau silence.

Un instant plus tard, Samantha raccrochait. Ainsi, Kyle avait été adopté. Et Morgan et Georgia avaient payé quelqu'un pour cacher la vérité. Une information qui devait avoir son importance pour le procès de Dominic...

Samantha quitta la cuisine, et se rendit dans le salon où les photographies du crime étaient disposées sur une table. Abigail sur le lit, la bouteille de champagne et deux verres dans le salon, chaque pièce de l'appartement... Samantha trouva les photos de la cuisine. On voyait clairement un pain enveloppé dans du papier d'aluminium, posé sur le comptoir. Un pain entouré d'un ruban bleu. La couleur du mercredi. Le jour de l'assassinat d'Abigail.

Georgia avait menti. Elle avait vu Abigail le mercredi. Pourquoi ce mensonge, si elle n'avait rien à cacher?

Samantha retourna dans la cuisine. Etait-il possible qu'Abigail ait découvert la vérité au sujet de Kyle, et menacé de tout dire au jeune homme? Etait-il possible que Georgia ait tué Abigail pour l'empêcher de révéler ce secret? Samantha se souvint de la force avec laquelle les mains de la première Mme Monroe pétrissaient la pâte.

Oui, c'était fort possible.

Mais que faisait Tyler? se dit-elle avec impatience en consultant sa montre. Il fallait qu'elle lui parle de tout cela — et vite. Se levant, elle se mit à éplucher des oignons et des poivrons verts pour faire une omelette, puis avant de les jeter dans la poêle, revint dans le salon pour examiner une nouvelle fois les photos et relire les rapports de Wylie.

Pour cette hystérectomie, Georgia était allée dans un hôpital de Kansas City, probablement afin que personne à Wilford ne le sache. Georgia avait également passé les mois précédant la naissance de Kyle loin de Wilford. Bien sûr, pour qu'on ne sache pas qu'elle n'était pas enceinte... Et l'adoption avait probablement été illégale. Pouvait-on tuer uniquement pour préserver un tel secret?

Samantha se passa la main dans les cheveux. Elle savait qu'il suffisait parfois de très peu pour pousser un assassin potentiel à passer à l'acte...

S'approchant de la fenêtre, elle plongea son regard dans la nuit qui tombait. Tyler aurait dû être là depuis longtemps, maintenant. Seigneur, mais où était-il?

Le puissant cabinet d'avocats Bruner, Sandorf et Kearnes de Saint-Louis proposait une association à Tyler. Avant de quitter Leo Bruner, à l'aéroport, il lui déclara qu'il allait réfléchir. Puis, après quelques courses, il retourna à Justice Inc.

Samantha lui avait demandé de prendre son attaché-case, mais il monta d'abord dans son bureau pour faire le point. Là, assis dans son fauteuil, il ferma les yeux. Quitter Wilford et Justice Inc. lui crevait le cœur, mais il le fallait. Il ne pouvait rester ici, travailler avec Samantha et l'aimer sans faire le pas vers un engagement durable. Or, elle méritait mieux que ce qu'il pouvait lui offrir...

Peut-être, songea-t-il aussi, n'aurait-il pas besoin de

partir. Après tout, Samantha ne lui avait pas avoué qu'elle l'aimait. Il se pouvait qu'elle ait seulement voulu connaître sa première expérience sexuelle avec lui — et qu'elle n'ait aucune envie qu'ils vivent ensemble.

Il était perdu dans ses pensées quand il perçut un faible son tout proche. Il tendit l'oreille, et cette fois, entendit clairement un léger bruit de pas. Samantha était-elle venue chercher son attaché-case? Dans l'incertitude, Tyler sortit du bureau, s'approcha de l'escalier, et se pencha par-dessus la rampe. Il aperçut de la lumière dans le bureau de Samantha.

— Samantha? appela-t-il en descendant l'escalier.

Aussitôt, le bruit cessa au rez-de-chaussée. Bizarre. Pourquoi ne répondait-elle pas? Ce silence ne lui ressemblait pas.

Bientôt, il entrait dans son bureau.

Personne.

La lampe allumée faisait un cercle de lumière sur la table. Avait-il imaginé une présence?

Le sol était jonché de dossiers et de papiers et il comprit qu'il n'avait rien imaginé. Quelqu'un était venu ici. Et ce n'était pas Samantha...

Un bruit derrière lui. Il se retourna.

— Vous...

Il n'eut pas le temps d'en dire davantage.

On le frappait à la tête avec le petit bronze préféré de Jamison.

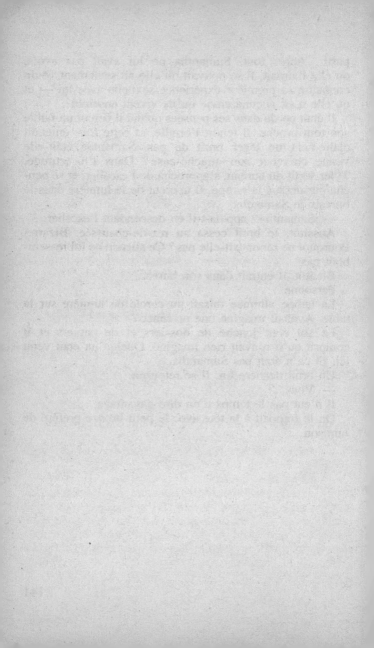

13.

Quand on sonna, Samantha se précipita dans l'entrée, certaine que c'était Tyler et qu'il avait oublié sa clé.

Elle ouvrit. Bones se tenait sous le porche.

— J'ai un renseignement pour toi, Sam, dit-il tout de suite. Quelque chose qui peut aider ton client.

— Entre.

Elle le précéda dans le salon.

— C'est chouette, ici, dit-il en s'approchant du bar. Je peux ?

— Sers-toi.

Elle s'assit dans un fauteuil, et attendit impatiemment qu'il se soit servi un verre du cognac favori de Tyler.

Enfin, il s'assit en face d'elle, but une gorgée de cognac et laissa échapper un soupir d'aise.

— Ça, c'est la vie ! Je ne comprends pas comment tu as pu renoncer à tout ceci en quittant Wilford.

— Ces informations, Bones ?

— Est-ce que je t'ai dit que je faisais un peu de jardinage ?

— C'est bien, mais...

— J'ai travaillé deux ans pour Georgia Monroe. Elle est gentille, Georgia. J'étais là quand Morgan lui a annoncé qu'il voulait divorcer. La pauvre femme était ravagée. Après tout ce qu'elle a fait pour lui... Elle a élevé son enfant illégitime, et voilà comment il l'a remerciée.

— J'ignorais que toi et Georgia étiez si proches.

— Elle pouvait supporter le divorce, poursuivit Bones. Mais quand Abigail a démasqué Morgan et a menacé de tout raconter... Tout le monde en ville aurait su que non seulement Morgan avait divorcé, mais qu'il avait trompé Georgia pendant leur mariage. Et ça, elle ne pouvait pas le supporter. On se serait moqué d'elle, on l'aurait traînée dans la boue ! Alors, elle m'a appelé, et nous avons parlé du problème que représentait Abigail.

La peur envahit Samantha en regardant l'homme auquel elle avait fait confiance. Elle se sentit comme prise dans une toile d'araignée, prisonnière du regard de Bones, de sa voix. Tu es en danger ! lui cria une petite voix.

Mais elle était incapable de bouger.

— Comment...

Bones sourit, et posa le verre de cognac à ses pieds.

— Facile. Georgia a rendu visite à Abigail dans la matinée, et elle a versé une poignée de ses pilules pour dormir dans la bouteille de champagne. Elle savait qu'Abigail aimait le champagne, et qu'elle en buvait tous les jours.

— Dominic ?

— On ne savait pas qu'il viendrait. Tu imagines ma surprise quand j'ai ouvert la porte de la chambre, et que j'ai trouvé deux personnes inconscientes sur le lit ?

Il haussa les épaules.

— Je n'ai pas tué Dominic, parce que je savais qu'on l'accuserait du crime, et que l'affaire serait close. Mais tu t'en es chargée, et maintenant, tu fouines partout. J'ai essayé de te faire peur avec la brique, et puis, avec ça, dit-il en désignant la jambe plâtrée de Samantha.

A cet instant, il y eut un déclic en elle. Elle devait maîtriser ses impulsions, et garder son calme à tout prix ! Bones était dangereux, et qu'il lui ait avoué avoir tué Abigail signifiait qu'il ne laisserait pas Samantha vivre pour se servir de cette information contre lui.

— Je n'ai eu aucune difficulté à prendre sa pince de cravate à Brennon un soir où il était soûl. Je ne voulais pas te blesser, Sam. Pourquoi n'as-tu pas renoncé à défendre Marcola ?

— Parce qu'un innocent est en prison, répliqua-t-elle. Tu ferais mieux de t'en aller, Bones. Tyler va rentrer d'une minute à l'autre, et si tu pars tout de suite, tu pourras peut-être lui échapper et quitter la ville.

Il eut un sourire affreux, qui fit frissonner Samantha.

— Tyler ne rentrera pas ce soir, ni plus jamais.

— Que... que veux-tu dire ?

— Il a eu un horrible accident à son bureau. Une statue lui est tombée sur la tête.

Elle sentit son cœur s'arrêter de battre en essayant d'imaginer le monde sans Tyler. Non, c'était impossible. Pas maintenant, alors qu'elle venait de découvrir combien elle l'aimait !

Et soudain, une colère incontrôlable l'envahit. Sans hésiter, elle se leva, lança sa jambe cassée en l'air et le frappa à la tempe. Bones poussa un gémissement, et glissa sur le tapis.

Samantha marcha aussi vite que possible vers la porte. Derrière elle, elle entendit un cri de rage, une menace de mort.

Elle se dirigea aussi vite que le lui permettait sa jambe blessée vers l'escalier.

Tyler revint à lui.

Et la première chose qu'il vit fut la statue de la Justice de Jamison, la balance couverte de sang. Du sang ? Il s'assit, et regarda autour de lui. Sa tempe gauche le faisait horriblement souffrir. Il y porta la main, et fixa avec étonnement ses doigts, puis de nouveau la statue.

Mon Dieu ! Combien de temps était-il resté sans connaissance ? Il revit le visage de Bones. Il ignorait pourquoi Bones était venu dans ce bureau, et ce qu'il y cherchait, mais à la pensée que Samantha était seule à la maison, il eut un accès de terreur.

Il se leva et courut dehors, la tête douloureuse.

Bones était certainement convaincu de l'avoir tué. Par bonheur, Tyler avait de bons réflexes... Mais que diable faisait Bones dans ce bureau ? Ce qu'il cherchait était-il si important qu'il avait tué pour l'obtenir ? Etait-ce lié à la mort d'Abigail Monroe ? Et en sortant du bureau, était-il allé voir Samantha ? Pour la tuer elle aussi ? Tyler avait l'impression que son cœur allait exploser, tandis qu'il roulait à tombeau ouvert vers le manoir.

Ses cauchemars le rattrapaient. Il revoyait les voitures de police, et sa mère morte. S'il était rentré à temps à la maison, il l'aurait sauvée. C'était sa faute...

Tyler se mordit la lèvre jusqu'au sang. Oui, s'il était rentré tout de suite au manoir, au lieu de s'arrêter si longtemps dans son bureau, il aurait sauvé Samantha ! Encore une fois, tout était sa faute. S'il arrivait quelque chose à Samantha, il en deviendrait fou de douleur, il le savait.

Une fois devant le manoir, il eut un soupir de soulagement. Pas de voitures de police... Mais Bones, en revanche, était certainement venu. « Seigneur ! pourvu qu'il ne soit pas trop tard », pensa-t-il.

Déjà, il descendait de voiture sans arrêter le moteur et courait vers le porche.

— Samantha ?

Pas un bruit dans la maison.

Il entra dans le salon. Un fauteuil renversé, un miroir brisé...

— Samantha !

Tyler cria, sans se soucier d'être entendu de Bones. Si celui-ci était là, cette fois, il ne lui échapperait pas ! Et Tyler le tuerait s'il avait touché à un seul cheveu de Samantha. Il le tuerait de toute la colère accumulée depuis des années — et qui maintenant bouillonnait en lui.

146

Il parcourut rapidement le rez-de-chaussée, en vain.

Puis, debout au pied de l'escalier, il leva les yeux vers l'étage. L'entrée était plongée dans la pénombre, mais il aperçut de la lumière dans les chambres. Il n'était pas seul dans la maison. Il grimpa l'escalier lentement, s'arrêta sur le palier, tendit l'oreille. Voyons la première chambre, décida-t-il en regrettant de ne pas avoir une arme, un couteau. Sa seule consolation était que Bones n'avait pas d'arme non plus — sans cela, il l'aurait utilisée contre lui au bureau.

Personne dans la première chambre. Et personne dans celle de Samantha. Ni dans les autres. Et dans chaque pièce, les portes de la penderie étaient ouvertes, comme si on avait cherché quelque chose — ou quelqu'un.

Tyler arriva enfin devant la porte fermée de la chambre de la mère de Samantha. Les paumes moites, il prit la poignée, la tourna sans bruit et poussa le battant. Personne ici non plus. Bones avait-il emmené Samantha ailleurs ? Etait-elle en ce moment dans le coffre d'une voiture ?

Il allait quitter la pièce, quand il vit le bord du rideau pris dans la porte-fenêtre qui donnait sur le balcon. Pétrifié par la peur, il fixa la porte. Oh ! Seigneur ! Non. Pas ça.

Finalement, il s'en approcha, et l'ouvrit brusquement.

Samantha était là. Avec Bones. Tout près de la balustrade cassée. Il la serrait contre lui, tenant la lame d'un couteau contre son cou.

— N'approchez pas ou je la tue et je la jette par-dessus la balustrade, menaça Bones.

Les yeux de Samantha étaient agrandis par la terreur.

— Il a tué Abigail, Tyler, dit-elle. Et c'est lui, le salopard qui m'a cassé la jambe.

Tyler comprit alors que ce n'était pas la peur qui assombrissait les yeux de Samantha, mais bel et bien de la colère.

— Que voulez-vous ? demanda-t-il.

— Sortir d'ici, répondit Bones. Reculez.

— Lâchez-la.

— Elle me couvre. Elle vient avec moi ! Je la lâcherai quand je serai dans un endroit sûr.

Il mentait, Tyler le savait. Bones devait les tuer tous les deux. Craignant qu'il ne mette sa menace à exécution, il recula dans la chambre. Au moins là, il aurait plus d'espace pour manœuvrer.

A mesure qu'il reculait, Bones et Samantha avançaient. Tyler se prépara à attaquer.

— Ne bougez pas, fit Bones, ou je lui tranche la gorge.

Et de la pointe du couteau, il entama la peau de la jeune femme. Elle poussa un cri bref, et un filet de sang coula sur son cou.

— Si vous lui faites mal, je vous tue ! gronda Tyler.

Une rage froide le saisit, un instinct de mort.

Bones rit.

— Sortez de cette chambre, ordonna-t-il, et descendez l'escalier !

Tyler n'avait pas le choix. Il s'exécuta, et une fois dans l'entrée, se retourna vers Bones et Samantha qui descendaient lentement les marches. Que faire ? La lame du couteau était toujours contre le cou de Samantha... il ne pouvait prendre aucun risque !

Tyler serra les poings, submergé par un insoutenable sentiment d'impuissance. Que faire, bon sang, que faire ?

Comme si elle lisait dans ses pensées, Samantha songea au milieu de l'escalier qu'elle devait agir. Tyler était fort, et elle voyait sa rage — mais il ne pourrait rien contre un couteau.

Elle devait faire quelque chose. Vite.

Alors, prenant son courage à deux mains, elle frappa sans crier gare la main qui tenait le couteau et celui-ci tomba sur les marches avec un bruit clair. Le temps

148

d'entendre Bones hurler, elle se libérait et se jetait la tête la première dans l'escalier pour atterrir au pied des marches, sur le dos, le plâtre heurtant le sol avec un bruit sourd.

— Samantha !

Tyler s'accroupit près d'elle tandis que Bones remontait l'escalier.

— Ne reste pas là..., rattrape-le, haleta-t-elle.

Après une seconde d'hésitation, Tyler se précipita derrière Bones.

Samantha s'assit avec précaution, tout le corps douloureux. Puis, elle ramassa le couteau, et remonta l'escalier. Elle devait aider Tyler !

Les deux hommes se trouvaient dans la chambre de sa mère. Ils se battaient à coups de poing avec une terrible violence, et Samantha resta debout sur le seuil, ne sachant que faire. Tyler avait une tempe ensanglantée et un œil enflé, tandis que Bones, la lèvre inférieure éclatée, avait du sang de sa bouche à son menton. Elle hurla quand ils s'empoignèrent et roulèrent sur le balcon.

Seigneur, la balustrade ! songea-t-elle en se précipitant vers la porte-fenêtre. Comment donner le couteau à Tyler sans risquer que Bones ne s'en empare ? Ils se battaient toujours, sans qu'aucun d'eux prenne le dessus. Finalement, Bones réussit à dominer Tyler dont le torse passa dans le vide, sous les planches clouées sur le trou où avait basculé Jamison.

Tyler se cramponna au bord du balcon, tandis que Bones le poussait.

Alors, sans réfléchir davantage, Samantha planta en criant le couteau dans le dos de Bones. Il se raidit tout d'abord, avant de se lever, titubant, et de tomber dans le vide. Son corps inerte gisait maintenant à plat-ventre sur la terrasse.

Tyler se releva et étreignit Samantha, qui sanglotait.

— Je l'ai tué..., dit-elle en suffoquant.

149

Il la serra plus fort.

— Non, tu m'as sauvé.

Et il lui embrassa le front, les joues ruisselantes de larmes, les lèvres, tandis qu'elle se cramponnait à lui.

— J'ai eu tellement peur !

— C'est fini maintenant. C'est fini.

Il l'entraîna dans la chambre et dans l'escalier jusque dans l'entrée. Là, il appela la police, et ils s'assirent dans le salon en attendant l'arrivée des autorités.

Alors, Samantha raconta à Tyler tout ce qu'elle venait d'apprendre.

— Elle a envoyé Bones ici après mon coup de fil. Elle a compris que je savais pour l'adoption... Son divorce, le mariage de Morgan avec Abigail, la menace de celle-ci de tout raconter sur les vrais parents de Kyle, c'est tout cela qui l'a poussée au meurtre ! Et elle a engagé Bones pour tuer Abigail. Quant à Dominic, il s'est simplement trouvé au mauvais endroit au mauvais moment...

Tyler la serra contre lui.

— L'essentiel, c'est que tu aies fait ce que tu voulais. Dominic sera acquitté.

Elle lui fit un petit sourire.

— Je suis vraiment une bonne avocate, dis ?

— Oui, et une femme extraordinaire.

Ils se turent, assourdis par le bruit des sirènes.

On frappa à la porte. La police arrivait.

— Fatiguée ? fit Tyler quand le dernier policier fut parti.

Le soleil levant colorait le ciel d'orange et de rose pâle.

— Epuisée, reconnut Samantha.

— Tu devrais dormir. Il n'y a plus rien à faire, Dominic va être relâché. Georgia a été arrêtée, et d'après le shérif, elle a déjà avoué.

— Si, j'ai encore quelque chose à faire avant de me reposer.

150

Elle fourra la main dans la poche du peignoir, et en sortit une boucle d'oreille.

Tyler avait un œil enflé et fermé, et il se sentait moulu. Quant à Samantha, elle était très pâle, et les pans de son peignoir étaient tachés de sang.

— Quand Bones m'a poursuivie, reprit-elle, je me suis cachée sur le balcon en espérant qu'il ne me trouverait pas et qu'il partirait. Et j'ai découvert ceci dans une fente du sol.

Elle lui tendit le bijou. Une boucle d'oreille assez grande, en forme de trèfle à quatre feuilles avec une petite émeraude au milieu.

— Je l'ai tout de suite reconnue, poursuivit-elle. Je les ai offertes à Edie, et elle les portait pour l'anniversaire de mes dix-sept ans. Il faut que je lui parle. Je veux savoir comment et quand ceci est parvenu sur le balcon.

Ils prirent un bain chacun de son côté, s'habillèrent, burent une tasse de café avec quelques cachets analgésiques. Et une heure plus tard, ils montaient dans la voiture de Tyler, et empruntaient le chemin de l'immeuble où habitait Edie.

Le procès était fini, et Dominic libéré. Tyler devait dire à Samantha qu'il partait, qu'il acceptait la proposition de la firme de Saint-Louis. Il le ferait plus tard.

Elle paraissait davantage épuisée qu'un peu plus tôt. Les yeux cernés, elle grimaçait dès qu'elle changeait de position.

— Tu es sûre que tu ne peux pas attendre pour parler à Edie?

— Je dois la voir tout de suite.

Bientôt, il se garait devant l'immeuble.

— Tu préfères que je t'attende ici? demanda-t-il.

— Non, viens avec moi. Je sais que tu me crois un peu folle, mais mon père n'a pas pu sauter du balcon. Et ça ne peut pas être un accident... Je dois savoir ce qui s'est passé, Tyler. Ou sa mort me hantera toute ma vie.

14.

— Samantha... Tyler...

En robe de chambre et des mules aux pieds, Edie venait de leur ouvrir la porte. Elle les regarda l'un après l'autre d'un air stupéfait.

— Que s'est-il passé ? Oh ! Tyler... votre œil.

— Nous pouvons entrer ? demanda Samantha.

— Bien sûr.

Edie ouvrit tout à fait la porte. Ils la suivirent à travers un salon confortable jusqu'à la cuisine. Là, ils s'assirent autour de la table ronde en chêne.

— Je prépare du café. On dirait que vous en avez besoin.

Tandis qu'elle s'affairait, Samantha lui raconta ce qui venait de se passer avec Bones.

— Je savais que Georgia était très fière, et accordait beaucoup d'importance à ce qu'on disait d'elle, mais je n'aurais jamais cru qu'elle aille aussi loin, dit Edie. Vous avez de la chance d'être vivants !

Elle servit le café, s'assit entre eux et regarda Samantha avec affection.

— Ainsi, ton client est libre. Tu as bien travaillé. Ton père serait fier de toi. Il était très heureux quand il a appris que tu faisais des études de droit.

— Comment ça ? fit Samantha, étonnée. Comment l'aurait-il su ? Je ne l'ai confié à personne.

— Wylie ne t'a rien dit?

— Wylie?

— Une des dernières missions dont ton père l'a chargé a été de s'assurer que tu allais bien. Ton père a été très malheureux que tu partes, mais il a toujours su où tu étais et ce que tu faisais, prêt à te rejoindre si tu avais besoin de lui.

— Wylie ne m'en a pas parlé, répliqua Samantha, au bord des larmes.

Ainsi, elle avait compté pour son père. Il s'était inquiété pour elle, et il avait même éprouvé de l'admiration... Tout cela était trop fort à supporter.

— Wylie ne trahirait jamais la confiance de Jamison, fit observer Tyler.

— Jamison était fier que tu aies le courage de construire toi-même ta vie, reprit Edie tandis que Samantha essuyait une larme. Il m'a parlé plusieurs fois avec admiration de ton courage, de ton intelligence, de ta détermination. Comme il serait heureux aujourd'hui! Non seulement tu as sauvé ton client, mais tu as résolu toute l'affaire.

— Et maintenant, j'ai besoin de toi pour en résoudre une autre, déclara Samantha.

— De quoi s'agit-il? Tu sais que tu peux compter sur moi.

Samantha sortit la boucle d'oreille de la poche de son manteau, et la leva en l'air.

— Ceci ne te rappelle rien?

— Ma boucle d'oreille!

Elle prit le bijou de la main de Samantha.

— Je me demandais où elle était passée. Je me souviens du jour où tu me les as données.

— Tu ne me demandes pas où je l'ai trouvée?

— Si, bien sûr. Où l'as-tu trouvée?

— Sur le balcon d'où mon père est tombé.

Samantha se tut un instant tandis qu'Edie fixait la boucle d'oreille dans sa paume.

— L'homme dont tu m'as parlé, Edie, celui que tu aimais... c'était mon père, n'est-ce pas?

Edie ne répondit pas tout de suite, les yeux toujours baissés.

— Je ne comprends pas ce que tu veux dire, répliqua-t-elle enfin à voix basse.

— Tu n'as jamais su mentir, fit Samantha. Je ne veux pas te faire de mal. Je veux simplement connaître la vérité. Pourquoi cette boucle d'oreille était-elle sur le balcon? Je veux savoir ce qui est arrivé.

Les épaules d'Edie s'affaissèrent, et des larmes roulèrent sur ses joues. Quand elle leva les yeux vers Samantha, celle-ci y vit une souffrance terrible.

— Oui, j'aimais Jamison, avoua-t-elle à travers ses pleurs. Je l'ai aimé dès le premier jour où j'ai travaillé avec lui. Mais il ne s'est rien passé entre nous avant que tu aies douze ans. A cette époque, nous sommes devenus amants.

Samantha n'avait jamais pensé à la vie personnelle de son père, au fait qu'il était un homme et qu'il pouvait désirer une femme. Au fond, rien d'étonnant à ce qu'il ait choisi Edie : elle était libre et séduisante. De plus, Samantha avait été trop occupée par elle-même, ses malheurs, sa colère, pour voir ce qui se passait autour d'elle.

— Qu'est-il arrivé? continua Edie en essuyant ses larmes. Rien. Il venait ici, ou j'allais au manoir. Nous couchions ensemble, et il rentrait chez lui, ou moi, ici.

Elle se leva, prit un paquet de mouchoirs en papier sur le comptoir, et se rassit.

— Au début, ça ne m'ennuyait pas. Je prenais tout ce qu'il me donnait avec bonheur. Et puis, je me suis mise à rêver de mariage. Je vous aimais, toi et Melissa, j'aurais voulu que nous formions une famille tous les quatre. Les années passaient, rien ne changeait, j'essayais d'être patiente. Je savais qu'il pleurait ta mère, j'attendais que cela passe. Mais il n'a jamais cessé de la pleurer.

Elle eut un rire amer. Tyler prit la main de Samantha, comme s'il sentait que ce qu'Edie allait dire maintenant serait dur à entendre.

— Que s'est-il passé sur le balcon ? Comment mon père est-il tombé ? demanda Samantha doucement.

Edie fixa les mouchoirs dans sa main.

— Jamison m'a appelée vers 7 heures du soir pour que je vienne au manoir. Tyler était sorti, et c'était le jour de congé de Virginia. J'y suis allée, comme d'habitude, et nous... nous avons couché ensemble.

Elle rougit, et des larmes emplirent de nouveau ses yeux.

— Ensuite, nous avons parlé un moment, et comme toujours, il m'a demandé de rentrer chez moi. Cette fois, je ne l'ai pas supporté, et je le lui ai dit. Je lui ai dit que je n'en pouvais plus d'être son petit secret, que je lui avais donné des années de ma vie, et qu'il était temps qu'il s'engage avec moi. Il a éclaté de rire.

Levant les yeux vers Samantha, elle ajouta :

— Parfois, ton père pouvait être cruel.

Le cœur serré, Samantha hocha la tête. Oui, elle comprenait ce qu'avait vécu Edie — son désir d'appartenir à un homme auquel elle avait donné son cœur et son âme, un homme qui finalement l'avait rejetée.

— Il m'a tout de même assuré qu'il m'aimait bien, mais qu'il ne m'épouserait jamais, reprit Edie. Nous avons discuté. Il s'est levé pour aller dans la chambre de ta mère. Je l'ai suivi. J'étais si furieuse, si malheureuse, que je lui ai rappelé qu'elle était morte et qu'elle ne reviendrait pas.

Elle parlait maintenant de plus en plus vite, le souffle court.

— Je l'ai poussé sur le balcon pour lui montrer l'endroit où elle était tombée. Je ne voulais pas... ce...

156

ce qui est arrivé... Il m'a parlé avec haine, et je l'ai poussé pour qu'il se taise. Il se tenait trop près du bord. Il a perdu l'équilibre, et il est tombé.

Et elle éclata en sanglots.

Maintenant, Samantha savait. Et en dépit de tout, un étrange sentiment de paix l'envahit.

— Je ne voulais pas..., dit encore Edie, la tête entre ses bras, sur la table. Je l'aimais. Oh ! je l'aimais tant ! Je voulais seulement qu'il oublie sa femme, qu'il m'aime...

Samantha se leva, et se dirigea vers la porte, suivie de Tyler. Elle n'avait plus rien à faire ici.

— Tu vas appeler le shérif ? demanda Tyler un moment plus tard, tandis qu'ils roulaient vers le manoir.

— Pourquoi le ferais-je ? Je crois Edie. Ça n'a été, en effet, qu'un tragique accident.

Elle se tourna vers la vitre, et ajouta :

— Il y a eu assez de malheur, de souffrance. Edie va vivre avec le souvenir de cette horrible nuit. C'est bien suffisant comme châtiment.

Et soudain, elle se sentit terrassée par la fatigue.

— Je sens qu'il y a une leçon à tirer de tout cela, dit-elle encore, mais je suis trop fatiguée pour y penser maintenant.

— La leçon, c'est qu'aimer peut être périlleux, fit-il.

— Tu ne le penses pas vraiment ?

Il haussa les épaules.

— Abigail Monroe est morte parce que Georgia aimait trop Morgan et Kyle. Dominic a été arrêté parce que tout le monde savait qu'il aimait Abigail. Ton père est mort parce qu'Edie l'aimait, et parce qu'il aimait trop ta mère. Tout cela ne témoigne pas en faveur des merveilles de l'amour...

Il arrêta la voiture devant le manoir.

— Tu te trompes, Tyler. Mais je suis trop épuisée pour te le prouver. Plus tard, nous en discuterons.

Ils entrèrent dans la maison.

— Laisse-moi t'aider, proposa Tyler au pied de l'escalier.

Il la souleva dans ses bras, et la tête sur son épaule, elle se détendit en se souvenant de ses projets de la veille : l'omelette, une nuit d'amour, son intention de révéler à Tyler qu'elle l'aimait.

Plus tard. Elle ferma les yeux, ne les rouvrant même pas lorsqu'il la coucha dans les draps.

— Reste avec moi, demanda-t-elle alors tout bas.

— Samantha, je...

— S'il te plaît, Tyler. Dors près de moi.

Il hésita. Puis, il lui retira ses chaussures, enleva les siennes, et s'allongea à côté d'elle. Elle dormait déjà.

Tyler contempla Samantha endormie, luttant contre la fatigue, conscient de partager cette intimité avec elle pour la dernière fois.

Il ne la verrait plus jamais dormir, il ne la serrerait plus contre lui, il ne lui ferait plus l'amour.

Et avec le temps, il espérait oublier son parfum, son rire, sa vivacité d'esprit tellement stimulante... Oui, avec le temps, il oublierait ses yeux brillants, sa belle bouche, la chaleur de son corps contre lui.

Peut-être même oublierait-il qu'il l'avait aimée.

Roulant sur le dos, il fixa le plafond, et pensa aux événements de ces dernières heures. Il avait soupçonné Jamison de voir une femme, car celui-ci s'absentait parfois deux heures dans l'après-midi. Mais jamais il n'aurait pensé à Edie. C'était triste. Il semblait n'y avoir jamais de gagnant au jeu de l'amour.

Tyler avait admiré la force de Jamison, sa puissance, et même sa froideur. Il n'était pas sûr de vouloir tout cela aujourd'hui. En fait, pour tout dire, il ne savait plus du tout ce qu'il voulait.

Roulant sur le côté, il regarda de nouveau Samantha. Elle avait trouvé la paix. Réconciliée avec sa sœur, elle savait désormais que son père avait aimé ses filles. Elle aurait Justice Inc., et avec le triomphe de l'affaire Marcola, elle allait probablement avoir plus de travail qu'elle ne pourrait en assumer.

Et elle rencontrerait certainement un autre homme, capable de l'aimer comme elle aimait elle-même — totalement, sans peur.

Oui, Samantha serait heureuse. Quant à lui, il ferait comme toujours, il survivrait d'une manière ou d'une autre. Et sur cette pensée, il ferma les yeux et s'endormit aussitôt.

Quand Tyler se réveilla, le soleil inondait la chambre de lumière. Il s'étira, étonnamment reposé, et se tourna vers Samantha. L'oreiller portait encore l'empreinte de sa tête, mais elle n'était plus là.

— Samantha?

Pas de réponse.

Il se leva, alla jusqu'à la salle de bains, et se passa de l'eau froide sur le visage. Son œil était toujours enflé et rouge, mais moins douloureux.

— Samantha? appela-t-il encore en descendant l'escalier.

Elle n'était pas dans le salon, ni dans la cuisine. Il jeta un coup d'œil dans le garage. La voiture de Samantha avait disparu. Alors, il sut où elle était...

Il mit son manteau et, une fois au volant, se dirigea vers le cimetière où Abigail Monroe était enterrée — et où Jamison Dark reposait.

La voiture de Samantha était en effet devant l'entrée. Tyler gara la sienne à côté et entra dans le cimetière. De loin, il l'aperçut devant la tombe de son père. Il s'approcha sans bruit, s'arrêtant à quelques pas derrière elle, soucieux de ne pas la déranger mais désireux d'être là si elle avait besoin de lui.

Samantha s'accroupit, et déposa un bouquet de chrysanthèmes jaunes sur la pierre tombale. Tyler vit sa main trembler légèrement. Le froid, ou l'émotion.

— Oh ! papa, je suis désolée de t'avoir tellement demandé...

Elle avait dit cela assez fort pour qu'il l'entende. Et il vit qu'elle pleurait... Comme il aurait voulu se précipiter vers elle et la prendre dans ses bras ! Mais elle avait besoin d'être seule.

— Je comprends maintenant que tu m'aimais à ta façon, murmura-t-elle encore. Je t'aime, papa...

Tyler se retourna pour partir, voyant qu'elle n'avait pas besoin de lui.

— J'aime Tyler...

Il se figea.

— Je l'aime comme je n'ai jamais aimé personne de ma vie... comme tu dois avoir aimé maman.

Pétrifié, il la regarda caresser la pierre tombale.

— Il me rend heureuse, papa. Nous allons nous marier et remplir la maison de tes petits-enfants.

Tyler ne pouvait plus respirer, maintenant. Il suffoquait. Le vent lui fouetta le visage, et des larmes lui montèrent aux yeux. Il refusait de croire qu'elle l'aimait. Et comme il posait une main sur son estomac, il se rendit compte qu'il avait mal plus haut, dans la région du cœur.

Si elle l'aimait, son amour pour elle devenait impossible. Quoi qu'il lui en coûte, il fallait qu'il parte.

Il s'éloigna sans bruit vers sa voiture, le cœur brisé.

Samantha n'arrivait pas à partir.

Son père l'avait aimée. Il avait même engagé Wylie Brooks pour s'assurer qu'elle allait bien. Et si elle doutait encore de son amour, il suffisait qu'elle pense qu'il lui avait légué la moitié de ce qu'il aimait le plus — Justice Inc. Avec un associé dont elle était amoureuse. Libérée de la colère et de la souffrance qui l'avaient si longtemps accompagnée, elle pouvait désormais ouvrir son cœur à Tyler.

— Adieu, papa. Je t'aime.

Et sur ces dernières paroles, elle se dirigea rapidement vers sa voiture.

15.

A l'arrivée de Samantha, Tyler n'était pas au manoir, mais cela n'inquiéta pas la jeune femme. Il était un peu plus de midi. Sans doute était-il au bureau, à rattraper le travail négligé avec le procès Marcola.

Samantha décida de préparer l'omelette abandonnée la veille, et avant cela, de ranger et de nettoyer la cuisine. Elle avait besoin de s'occuper. Virginia était arrivée tôt ce matin, tandis qu'ils se préparaient pour aller chez Edie, et Samantha l'avait renvoyée chez elle pour la journée.

Elle sourit en pensant à Tyler. Qui aurait cru qu'elle voudrait passer sa vie avec lui? Un homme aux yeux d'un bleu de glace, à l'humour à froid, aux convictions morales strictes? Certes, leurs manières différentes de voir le monde entraîneraient encore bien des frictions, mais leur amour leur permettrait de tout surmonter et de vivre heureux ensemble.

Tyler ne lui avait pas encore dit un mot de son amour, et pourtant, il l'aimait — elle en était certaine. Peut-être ne le savait-il pas encore lui-même, songea-t-elle alors.

— Et s'il ne s'en rend pas compte, je le lui ferai comprendre, dit-elle au bouquet posé au milieu de la table.

Dans sa joie, elle eut une sorte de vertige. Elle comprenait maintenant que chacune des expériences de sa vie, chaque souffrance, chaque nuit solitaire, l'avait préparée à se donner cœur et âme à Tyler.

Son sourire s'élargit. Dire qu'elle était tombée amoureuse de l'homme qu'elle avait cru détester de tout son être... Quel paradoxe! Et quelle gifle, aussi, aux préjugés.

Une fois la cuisine rangée, Samantha se rendit dans le salon et téléphona à Melissa. Elle voulait que sa sœur sache qu'elle avait enfin trouvé la paix. Et elle brûlait aussi de lui parler de son amour pour Tyler.

— Comment va mon petit neveu ou ma petite nièce, aujourd'hui? demanda-t-elle quand sa sœur répondit.

— Samantha... Dis-moi plutôt comment tu vas, toi! J'ai entendu parler de toi chez l'épicier, et j'ai essayé de te joindre toute la matinée.

— Il ne faut pas croire tout ce que les gens disent, répliqua Samantha en riant.

— Tu vas bien, Sammie? Vraiment? Il paraît qu'on a essayé de te tuer, que Dominic est innocent, et que l'assassin a tenté de te supprimer cette nuit.

— Tout cela est vrai, en effet. Mais je vais très bien, Melissa...

Elle lui raconta ce qui était arrivé avec Bones, avec Georgia, et finalement, elle lui parla de leur père et d'Edie.

— C'est triste, n'est-ce pas? fit Melissa à la fin.

— Oui, c'est triste.

— Mais je suis si heureuse que tu sois rentrée à la maison!

— Moi aussi. Nous avons perdu des années, Melissa. Et je te promets que nous allons rattraper le temps perdu.

— Oui, je veux bien, répondit simplement Melissa.

Samantha eut envie de dire à sa sœur qu'elle aimait Tyler, et soudain, elle se rendit compte qu'elle n'était pas prête pour formuler ces sentiments. Ils étaient trop nouveaux, trop précieux pour qu'elle les partage avec quelqu'un d'autre que Tyler.

— Salue Bill de ma part, Melissa. Je te rappelle plus tard.

164

Elle raccrocha, et s'assit dans un fauteuil devant le feu. Oui, ils auraient des enfants. Ils rempliraient la maison de rires et d'amour, comme quand sa mère était encore en vie.

Soudain, elle entendit la porte d'entrée s'ouvrir.

— Tyler ? dit-elle en courant dans l'entrée. Je commençais à me demander où tu étais passé.

— J'étais au bureau.

Il revint avec elle dans le salon, posa son attaché-case sur le sol, et s'approcha du feu. Il semblait fatigué, et Samantha eut envie de le serrer dans ses bras.

— Je t'attendais, dit-elle. J'ai quelque chose à te dire.

Il se tourna vers elle.

— Moi aussi, je veux te parler, dit-il d'une voix inhabituellement grave. Et je crois qu'il vaut mieux que je commence. Je pars, Samantha.

Elle eut soudain l'impression de manquer d'air.

— Tu pars... ? Comment, je ne comprends pas. Que veux-tu dire ?

Il se passa nerveusement la main dans les cheveux.

— Je quitte Wilford. Et Justice Inc.

« Il me quitte », pensa-t-elle. Et elle s'assit dans un fauteuil, les jambes tremblantes, avec l'impression que le monde s'écroulait autour d'elle.

— Je ne comprends toujours pas, Tyler. Pourquoi veux-tu partir ? Tu ne peux pas quitter Justice Inc.

Tyler s'assit dans le fauteuil en face d'elle.

— Quand tu as appris que nous étions associés, tu m'as assuré que tu ne serais heureuse que lorsque je t'aurais vendu ma part. Tu te souviens ?

— J'ai changé d'avis. C'était avant... avant que je tombe amoureuse de toi. Je t'aime, Tyler.

— Je sais, dit-il d'une voix douce en évitant de la regarder. Ce n'est pas vraiment de l'amour. Tu le crois parce que je suis le premier homme avec qui tu as fait l'amour.

— Ne me dis pas ce que je ressens, fit-elle avec un brin de colère. Et ne déprécie pas ce que j'ai dans le cœur !

— Excuse-moi. Je n'aurais pas dû dire ça.

Samantha se leva, s'approcha de lui et s'assit à ses pieds.

S'était-elle imaginé qu'il l'aimait ? Avait-elle inventé l'attirance physique qu'il lui avait manifestée ? Et cette expression qu'elle lui voyait parfois quand il la regardait, l'amour qu'elle sentait dans ses mains quand il la touchait ?

Non, impossible.

Même en ce moment, il rayonnait d'amour pour elle.

— Je sais que tu m'aimes, Tyler. Peut-être pas autant que je t'aime moi-même. Je suis impétueuse et difficile. Parfois, je me comporte comme une gamine...

Elle soupira, et ajouta :

— Je sais que je ne suis pas le genre de femme dont tu as rêvé...

— Bon Dieu ! Samantha, ça suffit.

A son tour, il se leva, et marcha jusqu'à la porte. Là, il se retourna.

— J'aime que tu sois obstinée et impulsive. Je t'adore quand tu te conduis comme une gamine. Mais je ne veux pas prendre le risque d'aimer... Je suis un lâche, Samantha. Et certainement pas le genre d'homme qui peut te rendre heureuse !

Et sur ces paroles définitives, il sortit de la pièce.

Elle l'entendit monter l'escalier, le cœur au bord des lèvres. Il l'aimait, elle en était sûre. Alors pourquoi refusait-il d'être heureux ? Etait-ce justement la peur... d'être heureux, qui le poussait à fuir un bonheur qui lui tendait les bras ?

Elle ne pouvait rester sans rien faire. Se levant brusquement, elle monta l'escalier aussi vite qu'elle le put. Elle le trouva dans sa chambre, devant une valise ouverte sur le lit.

166

— Que fais-tu?

— Je prends l'avion ce soir pour Saint-Louis. Demain matin, je participe à une réunion avec les gens du cabinet d'avocats où je vais travailler.

Il ne la regardait même pas, s'approchant de la penderie pour prendre une chemise, puis revenant près du lit où il plia soigneusement le vêtement avant de le mettre dans la valise.

— Tu laisses tout tomber?

— Il n'y a rien à laisser tomber.

— Si, nous, dit-elle avec passion.

Il secoua la tête.

— Nous? Ça n'existe pas.

— C'est à cause de ta mère?

Tyler s'immobilisa, et plongea son regard dans le sien.

— A cause de tout, de ma mère, d'Abigail, de ton père... A cause de l'amour et de ses conséquences inévitables. A cause du risque d'aimer. A cause de l'abandon.

Samantha s'approcha de lui, elle avait besoin de le toucher. Il semblait terriblement triste... si malheureux!

— Oh! Tyler, l'amour est le contraire de l'abandon.

Il recula.

— Crois-moi, Samantha. Tu ne m'aimes pas. Je n'en vaux pas la peine. Est-ce que tu ne comprends pas? Si j'avais été différent, ma mère serait toujours vivante.

Ces mots avaient jailli de sa bouche comme la lave et le feu longtemps contenus au cœur d'un volcan.

— De quoi parles-tu? Tu n'as pas tué ta mère.

Elle le vit serrer les poings.

— Si j'étais rentré à la maison à la même heure que d'habitude, j'aurais pu empêcher cet homme de... j'aurais pu...

— Mais enfin, Tyler, tu n'étais qu'un enfant. Si tu étais rentré plus tôt, tu aurais pu être tué toi aussi.

Il cligna des yeux, comme s'il n'avait jamais envisagé les choses sous cet angle.

— Ça n'a plus d'importance maintenant, dit-il enfin d'une voix lasse. C'est du passé, et je ne veux plus jamais connaître ce genre de perte.

Comme il se tournait vers la penderie, Samantha lui prit le bras et le retint.

— Ecoute-moi, Tyler, dit-elle avec franchise. Je sais ce que c'est que de se sentir coupable, et de croire que personne ne peut vous aimer. Mais tu te trompes sur toi-même.

Elle lui posa la main sur la joue.

— Je ne tombe pas amoureuse d'hommes qui n'en valent pas la peine. Ce n'est pas mon genre, je t'assure.

Il recula brusquement, comme s'il ne pouvait pas supporter qu'elle le touche.

— Et moi, je ne tombe pas amoureux du tout, déclara-t-il.

Le cœur battant à tout rompre, Samantha le regarda prendre une autre chemise dans la penderie. Comment lui faire comprendre qu'ils étaient faits l'un pour l'autre ?

— Je sais quelle leçon nous devons tirer de tout ce qui est arrivé, dit-elle finalement d'une voix tremblante d'émotion. Le passé ne doit pas être une prison, il faut le comprendre pour s'en libérer, l'oublier sans le renier.

Il cessa de plier la chemise pour la fixer d'un regard indéchiffrable. Elle s'assit au bord du lit, consciente que c'était sa dernière chance de détruire la culpabilité et la peur qui le paralysaient.

— Si mon père avait pu se délivrer du souvenir de ma mère, il aurait été capable d'aimer de nouveau, et il ne serait pas mort. Si Georgia avait pu oublier Morgan, peut-être qu'Abigail serait toujours en vie.

Elle se pencha vers lui, tant elle voulait qu'il comprenne ce qu'elle tentait de lui dire.

— Et ce n'est que lorsque je me suis libérée de ma colère envers mon père, que mon cœur s'est ouvert à la possibilité de trouver l'amour avec toi. Tu dois oublier les

168

souffrances passées et les amours perdues, Tyler, te permettre d'espérer, de vivre et d'aimer de nouveau. Je t'en prie, Tyler...

Il demeura immobile et silencieux longtemps — une éternité pour Samantha.

— C'est exactement ce que je fais, répliqua-t-il finalement. Je me libère de toi.

Elle eut l'impression de recevoir une immense gifle. Et tout espoir la quitta... A la voix de Tyler, à son regard, elle sut qu'elle l'avait perdu.

Comme il continuait à faire ses bagages, elle rassembla tout son courage pour sortir de la chambre. Elle avait eu peur de perdre son âme si elle perdait le procès Marcola, et voilà qu'elle s'était trompée. Tyler lui avait pris son âme en même temps que son cœur. Son âme maintenant perdue, et son cœur brisé...

Mais elle l'aimait assez pour lui faire un dernier cadeau.

— Ce n'est pas la peine que tu partes, dit-elle d'une voix sourde.

Elle se leva, et se dirigea vers la porte.

— Je te cède ma part de Justice Inc., ajouta-t-elle en se tournant vers lui.

— Comment ? s'écria-t-il, visiblement sous le choc.

— Tu as bien entendu, fit-elle avec un petit rire qu'elle aurait voulu moins triste. Tu me connais, Tyler. Dans quelque temps, je vais m'ennuyer à mourir ici, à Wilford. Le cabinet ne m'a jamais vraiment appartenu. Il a toujours été à toi. Tu as travaillé pendant des années pour ça. Tu le mérites bien !

— Je ne peux pas te laisser faire une chose pareille, Samantha.

— Tu n'as rien à me permettre ou à m'interdire. Tu pourras aussi bien céder ma part à quelqu'un d'autre. De toute façon, je la vends.

Elle s'efforça de parler d'un ton plus léger.

— Quand tu es sorti, aujourd'hui, j'ai téléphoné à un gros cabinet d'avocats de Chicago. Ils m'ont proposé de travailler pour eux, et je vais accepter. Je serai bien plus heureuse dans une grande ville. Je vais m'occuper des formalités pour la vente.

Et sans attendre sa réponse, elle tourna les talons et sortit d'une démarche qu'elle espérait assurée.

Mais sitôt dans le couloir, elle se précipita dans sa chambre et ferma derrière elle le verrou.

Maintenant qu'elle avait pris sa décision, elle ne voulait plus en parler. Tyler avait consacré des années de sa vie à Justice Inc. Poursuivant le travail de Jamison, il avait acquis une réputation à toute épreuve pour lui-même et pour le cabinet. Il n'était pas juste qu'il y renonce... Oui, c'était à elle de partir, essaya-t-elle encore de se persuader.

Le savoir ne rendait pourtant pas les choses plus faciles.

Samantha n'éprouvait plus le ressentiment et la colère qui l'avaient poussée à quitter Wilford six ans plus tôt. Cette fois, elle partirait le cœur blessé par la perte la plus cruelle. Elle comprenait la souffrance d'Edie — celle des rêves brisés et de l'amour impossible. Edie serait-elle un jour délivrée de sa douleur ? Et elle-même de la sienne ? Impossible d'imaginer qu'elle pourrait ne plus aimer Tyler. Son amour pour lui faisait partie d'elle comme le sang qui coulait dans ses veines et l'air qu'elle respirait.

S'approchant de la fenêtre, elle lutta contre les larmes qui lui serraient la gorge et lui brûlaient les yeux. Elle aurait dû avoir des projets, penser à ce qu'elle allait faire, à l'endroit où elle s'installerait. Mais elle en était incapable. Envisager l'avenir faisait encore trop mal. Pour le moment, elle ne pouvait que pleurer son amour perdu, pleurer Tyler et la vie merveilleuse qu'ils ne partageraient jamais.

Assis dans l'avion, Tyler appuya la tête contre le dossier du siège. Il se sentait épuisé. La mort dans l'âme — oui, c'était la seule expression qui convenait pour décrire son état. Cette nuit, il n'avait pas pu fermer l'œil. Et en se levant, ce matin, il avait trouvé sur la table une feuille de papier : le projet par lequel Samantha lui vendait Justice Inc. Ainsi, elle n'avait pas dormi, elle non plus.

Fermant les yeux, il la revit dans sa chambre, assise au bord du lit, les yeux pleins de larmes.

Il avait prévu que leur dernière confrontation serait difficile, mais jamais à ce point. Pourtant, c'était vrai : elle serait bien plus heureuse sans lui. Bien sûr, son offre de vente l'avait surpris. D'ailleurs, sa première réaction avait été de l'ignorer, de suivre son propre plan et de partir pour Saint-Louis. Et puis, il avait compris qu'elle ne resterait pas à Wilford, qu'elle était réellement décidée à travailler à Chicago. Et il allait à Saint-Louis pour avertir lui-même Bruner, Sandorf et Kearnes que, finalement, il refusait leur proposition.

Il restait à Wilford, il gardait Justice Inc.

Tyler soupira longuement. Samantha allait partir, elle n'habiterait plus très longtemps au manoir. Mais lui aussi devrait déménager bientôt. Comment s'installer devant le feu, dans le salon, et ne pas l'imaginer assise dans le fauteuil, dans son peignoir bleu marine ? Comment dîner à la table de la cuisine sans la voir en face de lui, les yeux brillants, et parlant avec animation ? Et surtout, comment dormir dans son lit sans évoquer ses cheveux blonds éparpillés sur l'oreiller, ses larmes de passion, la pure splendeur de son corps quand il lui faisait l'amour ?

Il louerait un studio, un petit appartement où il n'aurait aucun souvenir avec Samantha. Et s'il pouvait chasser définitivement ces souvenirs de sa tête, ce serait parfait.

Comme l'avion allait atterrir, Tyler se dit encore une fois qu'il avait fait ce qu'il devait. Samantha serait heureuse à Chicago. Elle aimerait sûrement un autre homme. Oui, il avait agi exactement comme il le fallait.

Dans ce cas, pourquoi lui semblait-il que son cœur était brisé en mille morceaux ?

16.

— C'est mon propriétaire. Il continue à venir dans l'appartement quand je n'y suis pas.

Dix-huit ans, jolie comme un cœur, les joues rouges d'embarras, Gina Morris était assise dans le bureau de Samantha.

— Que voulez-vous que je fasse exactement? s'enquit-elle.

— J'ai pensé que vous pourriez écrire une lettre, lui dire de cesser d'envahir mon intimité. Il ne peut pas faire ça, non? Entrer chez moi quand il en a envie.

Samantha la rassura d'un sourire.

— Non, il ne le peut pas. Je lui écrirai cet après-midi.

Elle se leva, et raccompagna Gina jusqu'à la porte.

— Vous informerez M. Sinclair de la réaction de votre propriétaire. Nous déciderons ensuite s'il faut faire autre chose.

— Entendu. Merci, maître Dark. Merci beaucoup!

Samantha ferma la porte et soupira. Incroyable! Il était à peine midi, et elle avait déjà reçu quatre clients. On avait beaucoup parlé de l'acquittement de Dominic, et elle était devenue célèbre. Mais pour combien de temps? Elle n'avait pas manqué d'expliquer à chaque client son prochain départ, soulignant que Tyler prendrait alors le relais.

Tyler. Penser seulement à son nom lui déchirait le cœur. Elle l'avait entendu sortir du manoir, ce matin, et en descendant dans la cuisine, elle avait trouvé un mot sur la table. Il y précisait qu'il acceptait le projet de vente, et qu'il se rendait à Saint-Louis pour annoncer aux avocats qu'il refusait leur proposition. Il ajoutait qu'il serait de retour dans deux jours.

Incapable de rester au manoir où tout lui rappelait Tyler, Samantha avait décidé de venir au bureau. En arrivant, elle avait été surprise de trouver Edie à sa place de réceptionniste.

— Je ne savais pas... si je devais venir travailler... ou non, lui avait-elle dit, les larmes aux yeux.

Samantha l'avait prise dans ses bras un instant.

— Tu as bien fait de venir. Comment ferions-nous sans toi ?

— Tu sais, Samantha, je ne voulais pas...

— Chut ! N'en parlons plus jamais.

A présent, il était midi, et dans un moment, Samantha devait retrouver Melissa au club pour déjeuner. Ensuite, elle déciderait de l'endroit où elle s'installerait... Peut-être prendrait-elle contact avec ce cabinet de Saint-Louis, puisque Tyler n'acceptait pas ce travail ? Oui, peut-être.

Et puis, non. Elle avait dit à Tyler qu'elle allait à Chicago, et c'est là qu'elle irait. Bien sûr, elle n'y avait jamais mis les pieds, mais elle pourrait sans doute y guérir son cœur blessé.

Même si cela prendrait du temps...

S'approchant de la fenêtre, Samantha fixa les arbres d'un regard absent. Au moins, à Chicago, rien ne lui rappellerait Tyler...

Elle fronça les sourcils. De qui se moquait-elle ? S'éloigner de lui dans l'espace ne lui ferait certainement pas oublier Tyler. De toute façon, où qu'elle soit, il remplirait sa vie. Aucune illusion à se faire là-dessus... Le bleu du ciel lui rappellerait ses yeux, et l'ombre de la nuit lui rappellerait ses cheveux. Au coucher du soleil, elle se souviendrait d'eux faisant l'amour devant le feu. Et au lever du soleil, elle penserait qu'une autre journée sans lui l'attendait.

174

Elle soupira. Et avant que les larmes ne coulent sur ses joues, avant que ses pensées ne la tourmentent davantage, elle sortit du bureau.

— Je vais déjeuner, dit-elle à Edie en passant. J'essaierai d'être de retour à 2 heures. Si tu as besoin de moi, tu peux m'appeler au club.

Un moment plus tard, au volant de sa voiture, elle roulait vers le club en se demandant comment elle allait annoncer à Melissa qu'elle quittait de nouveau Wilford. Mais cette fois, ce serait différent. Il ne s'agissait pas d'un exil qu'elle s'imposait. Elle ne coupait pas les ponts avec sa sœur. Cette fois, elles se téléphoneraient, elles s'écriraient et elles se rendraient visite. D'ailleurs, Chicago n'était pas si loin que ça. Samantha reviendrait aussi souvent que possible pour passer quelques jours chez Melissa et son mari. Elle espérait simplement que sa sœur comprendrait qu'elle ne pouvait rester à Wilford et voir Tyler tous les jours.

Au restaurant du country club, l'hôtesse l'installa à la table où elle avait déjeuné avec Melissa le lendemain de son retour en ville. Samantha s'assit et se souvint de leur conversation, ce jour-là. Melissa lui avait demandé de ne pas faire de mal à Tyler. Et finalement, c'était Tyler qui l'avait blessée à mort...

Il faisait gris aujourd'hui, le ciel était chargé de lourds nuages qui reflétaient parfaitement l'humeur de Samantha. Depuis son retour à Wilford, elle avait trouvé cette paix à laquelle elle aspirait depuis tant d'années. Elle se sentait chez elle dans cette ville qu'elle avait fuie, et l'idée de la quitter la désolait. Mais il lui était aussi absolument impossible d'y rester. Impossible de vivre à Wilford, de voir Tyler même en passant, d'entendre prononcer son nom...

— Tu es en avance !

La voix de Melissa interrompit la rêverie de Samantha. Elle sourit à sa sœur qui s'assit en face d'elle.

— Comment va ma nièce ?

Melissa rit.

— Ou ton neveu !

— Non, j'ai décidé que tu aurais une fille. Les filles, je les comprends. Les garçons, je n'y arrive pas du tout.

— Qu'est-ce qui t'arrive, Samantha ? Tu as l'air... perdu.

Ce matin, au bureau, Samantha avait parfaitement maîtrisé ses émotions. Mais les paroles de Melissa brisèrent quelque chose en elle, et elle sentit les larmes lui brûler les yeux.

— J'ai fait quelque chose de vraiment stupide, Melissa.

Melissa lui adressa un sourire affectueux.

— Oh ! Ça ne m'étonne pas ! Qu'est-ce que tu as encore fait ?

— Je suis tombée follement, désespérément amoureuse de Tyler, avoua-t-elle.

— Mais c'est merveilleux ! s'écria Melissa en applaudissant.

Voyant l'air sombre de Samantha, elle cessa de sourire.

— Ce n'est pas merveilleux ?

Samantha secoua la tête.

— Non, c'est impossible.

Et elle se confia à sa sœur, faisant le récit de son amour pour Tyler, et de la manière dont il le rejetait.

— Je crois que je vais lui vendre ma part du cabinet, et partir travailler à Chicago, conclut-elle.

Elle ne précisa pas que ce travail à Chicago était un produit de son imagination. Inutile d'inquiéter sa sœur avec ce genre de détail.

— Chicago..., c'est loin, dit Melissa. Je viens à peine de te retrouver, et je vais déjà te perdre !

— Ah, non ! Tu ne vas pas me perdre, protesta Samantha. Je viendrai te voir au moins une fois par mois. Et nous nous téléphonerons tous les jours. Ce ne sera pas comme la dernière fois, Melissa. Je te le jure.

— Et cette fois, je te crois.

Elles s'interrompirent pour commander leur repas. Quand la serveuse se fut éloignée, Melissa reprit :

176

— Tu es sûre que tu ne peux pas rester à Wilford ?

Samantha hésita, et secoua la tête.

— L'un de nous deux doit partir, et ce ne serait pas juste que ce soit Tyler. Il appartient à Wilford plus que moi. Il est chez lui, ici, il y travaille. Je ne peux pas lui prendre ça.

— Tu sais, Samantha, je suis triste que tu t'en ailles, mais je dois avouer que je suis aussi très fière que tu aies pris cette décision. Le vrai perdant dans cette histoire, c'est Tyler. Il lui aurait fallu une femme comme toi.

Samantha releva le menton.

— Certainement pas ! assura-t-elle avec véhémence.

Et elle éclata en sanglots.

Elle se ressaisit cependant très vite, et parvint à se maîtriser jusqu'à la fin du déjeuner. Lorsqu'elle eut quitté Melissa, elle se dirigea vers un kiosque à journaux où l'on trouvait la presse de tout le pays. Là, elle acheta les exemplaires de ces derniers jours du *Chicago Tribune*, et elle revint dans les locaux de Justice Inc.

— Je ne suis là pour personne pendant deux heures, dit-elle à Edie en passant rapidement devant elle.

Et elle s'enferma dans son bureau.

Désormais, elle refusait de recevoir des clients dont elle ne s'occuperait pas. Et elle n'avait plus une minute à perdre : il fallait qu'elle trouve un endroit où vivre et... travailler. Le mieux serait de quitter Wilford dès le retour de Tyler.

Elle ne supporterait pas de partager le manoir avec lui, de le voir ici, au bureau, de l'aimer sans qu'il lui rende son amour. Il fallait qu'elle parte au plus vite.

Au volant de sa voiture de location, Tyler roulait lentement dans les rues de son ancien quartier. Paul, son meilleur ami, habitait ici autrefois. C'était un magasin aujourd'hui. Et l'immeuble où vivaient les jumeaux Gerdes abritait désormais les pompiers. Est-ce que sa mémoire le trahissait, ou les rues où il avait grandi étaient-elles méconnaissables ?

Bien sûr, ce n'était pas sa mémoire. « Tout a changé sauf moi », pensa-t-il. Il était un jeune homme en colère lorsqu'il avait quitté ce quartier. Et il y revenait avec les mêmes sentiments.

Il fronça les sourcils en se demandant si Samantha avait raison. Fallait-il laisser le passé derrière soi pour trouver la paix et tout recommencer ? Il observa les passants, constata qu'il ne reconnaissait plus personne. A la place de l'immeuble où il avait vécu avec sa mère, il y avait maintenant un petit jardin avec des balançoires et un toboggan pour les enfants. Le vieil immeuble en brique de huit étages avait été rasé...

Il s'arrêta et baissa la vitre. Deux petites filles se balançaient, les joues rouges et vêtues d'épais manteaux d'hiver. Il les entendait rire tandis qu'elles agitaient les jambes pour se balancer plus haut et plus vite.

Ces rires enfantins lui parlaient d'espoir et de recommencements. Ainsi, cet endroit où il avait vu la mort était aujourd'hui reservé aux enfants, à leurs jeux, leurs rêves.

Il jeta un coup d'œil à sa montre. L'avion pour Wilford partait à 14 heures. Il avait le temps de se rendre dans un autre lieu avant de quitter définitivement Saint-Louis.

Un moment plus tard, il arrivait au cimetière de Chapelwoods. Il n'était pas venu ici depuis l'enterrement de sa mère — et à l'époque, il était trop malheureux, trop perturbé par la culpabilité pour lui dire adieu comme il fallait.

Il descendit de voiture, et trouva assez vite la tombe.

Comme il avait conseillé à Samantha de faire la paix avec son père, Tyler savait qu'il était temps pour lui de faire la paix avec sa mère. Au contraire de la tombe imposante de Jamison, celle de Kelly Sinclair était petite. Une simple dalle de béton, avec son nom, la date de sa naissance et celle de sa mort gravées dessus. Il n'y avait pas eu assez d'argent pour faire mieux.

178

Tyler s'accroupit, et balaya de la main les feuilles mortes tombées sur la dalle. Il fixa les dates. Elle avait été assassinée à trente-deux ans. Si jeune... Il avait pourtant le sentiment qu'elle avait vécu plus de cent ans — à l'instar de Samantha, Kelly Sinclair avait profité de chaque instant comme si c'était le dernier de sa vie.

Intensément, sans peur... ni culpabilité mal placée.

Se redressant, Tyler se rendit compte que sa colère — envers le destin, envers sa mère — avait disparu. Son cœur, tout son être, était empli d'une seule émotion — son amour pour Samantha. Impossible de l'expliquer, mais c'était ainsi...

Il aimait Samantha, et elle l'aimait. Et qu'elle aille à Chicago ou sur la lune ne comptait plus. Sans elle, il ne serait jamais lui-même, entier. Il avait eu peur, tellement peur qu'elle le quitte comme avait fait sa mère ! Maintenant, il préférait un seul instant dans les bras de Samantha que toute une vie de solitude tranquille.

Oui. Cent fois oui...

A présent, il fallait qu'il rentre à Wilford. Et vite.

Il devait l'empêcher d'accepter ce travail à Chicago.

Tout en se hâtant vers sa voiture, il se rappela les paroles de Samantha au sujet du cabinet de Chicago. Etrange qu'on lui ait fait cette proposition le lendemain de l'attaque de Bones... N'avait-elle pas prétendu que cette offre venait après la fin du procès Marcola ? Mais c'était impossible. A ce moment-là, les journaux n'avaient encore rien dit du procès, et un cabinet de Chicago n'avait aucun moyen de le savoir.

Tyler monta dans sa voiture, et fixa le tableau de bord.

— Elle a menti, murmura-t-il.

Elle avait tout inventé, et il était tombé dans le panneau. Il avait tout gobé, l'hameçon, la ligne et les plombs. Pourquoi avait-elle inventé cette histoire ?

« Parce qu'elle t'aime, répliqua une petite voix en lui. Elle t'aime assez pour te laisser Justice Inc. Elle t'aime

179

assez pour sacrifier la firme de son père afin que tu aies ce que tu souhaites. »

Comment pouvait-il tourner le dos à un amour pareil ?

Il sentit son cœur se serrer en mesurant la profondeur de l'amour de Samantha pour lui. Dire qu'il avait failli le rejeter !

Il démarra, avec l'espoir fou qu'elle serait encore là quand il arriverait à Wilford.

Et qu'elle voudrait toujours de lui.

— Gary Watters insiste pour te parler, dit Edie en ouvrant la porte du bureau de Samantha.

— J'en ai pour une minute, Samantha, fit Gary.

Et passant devant Edie, il s'assit dans le fauteuil, devant le bureau.

La jeune femme regarda sa montre. Plus de 16 heures. Elle aurait dû être à la maison en train de faire ses bagages. Edie avait passé l'après-midi à refouler les journalistes, et Samantha décida de recevoir celui-ci. D'autant que les articles de Gary Watters lui plaisaient tout particulièrement...

— Dix minutes, prévint-elle.

Et elle fit signe à Edie de fermer la porte.

Le journaliste sortit un bloc-notes et un stylo de sa poche.

— Merci, Samantha. Nous avons eu le rapport officiel de ce qui est arrivé avant-hier soir, mais personne n'a pu vous interviewer. Cet entretien va être un scoop fantastique.

Samantha sourit.

— Si vous avez eu le rapport officiel, je n'ai plus rien à vous apprendre.

— Ce que je veux, c'est votre version des événements... Comment vous avez découvert que Georgia Monroe était impliquée, ce que vous avez ressenti quand ce Bones vous a attaquée... Et je veux savoir aussi pourquoi vous avez accepté de défendre Marcola alors que tout le monde le croyait coupable.

Avant qu'elle ait le temps de répondre, la porte s'ouvrit brusquement sur Tyler.

— Sortez, Watters. Je dois parler avec mon associée, dit-il.

— Restez là, Gary, déclara Samantha. M. Sinclair n'a rien à me dire que je veuille entendre.

« Bon sang ! pensa-t-elle, pourquoi revient-il aussi tôt ? » Et pourquoi était-il aussi beau ? Pourquoi n'était-il pas resté à Saint-Louis jusqu'à ce qu'elle ait quitté Wilford ? Elle aurait tellement préféré ne plus jamais le revoir...

Gary regarda Tyler, puis Samantha, toujours immobile.

— Tu m'as menti, Samantha, accusa Tyler. Tu as menti au sujet de ce travail à Chicago !

Elle sentit ses joues s'enflammer.

— Ce n'est vraiment pas le moment d'en parler, Tyler. Gary est en train de m'interviewer.

— Tu me dis comment je dois me conduire ?

Tyler se mit à rire.

— Eh bien, maintenant, je n'ai aucune envie de me conduire comme il faut, reprit-il.

Il s'approcha du bureau et Samantha eut un mouvement de recul, inquiète de l'étincelle dans ses yeux. Est-ce qu'il perdait la tête ? Elle se leva, et recula jusqu'à ce que son dos soit contre le mur.

— Dis-moi pourquoi tu m'as menti, Samantha.

S'approchant encore, il mit un bras de chaque côté d'elle, l'empêchant de s'échapper.

— Pourquoi as-tu menti ? demanda-t-il d'une voix douce, la bouche tout près de la sienne.

— Tyler..., commença-t-elle tout bas.

Elle désigna du regard Gary qui prenait des notes d'une main fébrile, le visage éclairé d'un large sourire.

— Tu es devenu fou ? ajouta-t-elle en essayant de lui échapper.

Mais il resserra les bras autour d'elle, empêchant tout mouvement.

— Parle-moi, Samantha.

— Que veux-tu, Tyler? Tu veux m'entendre le répéter? Tu veux savoir exactement combien je t'aime? Très bien, je vais te le dire. Je t'aime plus que tout ce que j'ai aimé jusqu'ici. Voilà pourquoi j'ai menti au sujet de ce travail à Chicago. Et même si tu ne veux pas de moi, je t'aime trop pour te prendre Justice Inc.

Horrifiée, elle sentit les larmes couler sur ses joues.

— Je t'aime trop pour ne pas m'en aller et te laisser vivre en paix.

Elle essuya ses larmes.

— Ça ne vous ennuie pas de partir, Gary? demanda-t-elle.

— Ne bougez pas, fit Tyler au journaliste. Je veux que vous soyez là quand je vais lui faire ma demande.

Samantha le regarda avec stupeur.

— Ne vous en faites pas, je reste! assura Gary.

— Me demander quoi? dit-elle, effarée, craignant d'espérer, de croire que ses rêves pouvaient se réaliser.

— De m'épouser, bien sûr.

Tyler l'attira dans ses bras, avec un regard qui coupa le souffle à Samantha.

— Epouse-moi, Samantha.

— Hier, tu ne voulais même pas que nous soyons associés, fit-elle, incrédule. Et maintenant, tu me demandes de devenir ta femme? Qu'est-ce qui a changé?

— Rien... et tout. Je suis allé sur la tombe de ma mère, et j'ai compris que j'avais peur de t'aimer parce que je craignais que tu me quittes pour toujours, comme elle.

— Je n'ai pas l'intention de partir pour très longtemps.

— Je veux vivre avec toi, que notre vie dure encore quelques jours ou des années. Oh! Samantha, dis-moi que ce n'est pas trop tard. Dis-moi que tu vas te marier avec moi.

— Oui, je vais t'épouser...

Il s'empara de ses lèvres en un baiser plus éloquent que toutes les paroles, que toutes les promesses.

— Nous allons remplir la maison d'enfants et d'amour. Tu seras une mère formidable, murmura-t-il enfin contre sa bouche.

— Et une épouse formidable, promit-elle avec un petit sourire tremblant.

— C'est une histoire formidable! s'écria Gary derrière eux.

Samantha sursauta. Elle avait complètement oublié la présence du journaliste.

— Dehors, Gary! dit Tyler.

Celui-ci s'éclipsa et Tyler se tourna de nouveau vers Samantha.

— Où en étions-nous?

— Tu me disais que tu m'aimais, que tu ne pouvais pas vivre sans moi.

— Oh! oui, je t'aime. Et tu sais quand je suis tombé amoureux de toi? Le soir où je suis allé te chercher dans ce bar, et où tu as essayé de me séduire dans la voiture.

— Tu aurais dû te laisser séduire. Pense à tout le temps que nous avons perdu.

— Je ne veux plus perdre une minute! Dis-moi, si je faisais l'amour à ma fiancée ici, dans ce bureau, tout de suite, est-ce que ce serait... imprévisible?

— Ce serait scandaleux.

— Alors, faisons un scandale.

La soulevant dans ses bras, il la porta jusqu'à la causeuse, l'y déposa, et l'embrassa avec fougue.

Pour Samantha, une nouvelle vie venait de commencer. Une vie éperdument, totalement, follement heureuse.

Chère lectrice,

Vous nous êtes fidèle depuis longtemps?
Vous venez de faire notre connaissance?

C'est pour votre plaisir que nous avons
imaginé un rendez-vous chaque mois
avec vos auteurs préférés, vos
AUTEURS VEDETTE dans les
collections Azur et Horizon.

Les AUTEURS VEDETTE vous
donneront rendez-vous pour de
nouveaux livres vedette.

Pour les reconnaître, cherchez
l'étoile ... Elle vous guidera!

Éditions Harlequin

COLLECTION HORIZON

Des histoires d'amour romantiques qui vous mènent au bout du monde!

Découvrez la passion et les vives émotions qu'apportent à la Collection Horizon des auteurs de renommée internationale!

Captivantes, voire irrésistibles, ces histoires d'amour vous iront assurément droit au coeur.

Surveillez nos quatre nouveaux titres chaque mois!

GEN-H

La **COLLECTION AZUR**

Offre une lecture rapide et

- stimulante
- poignante
- exotique
- contemporaine
- romantique
- passionnée
- sensationnelle!

COLLECTION AZUR . . . des histoires
d'amour traditionnelles qui vous
mènent au bout du monde!
Six nouveaux titres chaque mois.

Composé sur le serveur d'Euronumérique, à Montrouge
PAR LES ÉDITIONS HARLEQUIN
Achevé d'imprimer en juin 1999
sur les presses de l'Imprimerie Bussière
à Saint-Amand-Montrond (Cher)
Dépôt légal : juillet 1999
N° d'imprimeur : 1126 — N° d'éditeur : 7704

Imprimé en France